人间美词

王新才 著

图书在版编目（CIP）数据

人间美词 / 王新才著． -- 武汉：崇文书局，2024.6
ISBN 978-7-5403-7338-2

Ⅰ．①人… Ⅱ．①王… Ⅲ．①词（文学）－诗歌欣赏－中国 Ⅳ．① I207.23

中国国家版本馆 CIP 数据核字（2024）第 082332 号

出 品 人：韩　敏
责任编辑：曹　程
责任校对：侯似虎
责任印制：冯立慧
版式设计：张　娟

人间美词
RENJIAN MEI CI

出版发行：	长江出版传媒 崇 文 书 局
地　　址：	武汉市雄楚大街 268 号 C 座 11 层
电　　话：	(027)87677133　邮政编码：430070
印　　刷：	武汉市卓源印务有限公司
开　　本：	880mm×1230mm　1/32
印　　张：	8.375
字　　数：	161 千
版　　次：	2024 年 6 月第 1 版
印　　次：	2024 年 6 月第 1 次印刷
定　　价：	58.00 元

（如发现印装质量问题，影响阅读，由本社负责调换）

　　本作品之出版权（含电子版权）、发行权、改编权、翻译权等著作权以及本作品装帧设计的著作权均受我国著作权法及有关国际版权公约保护。任何非经我社许可的仿制、改编、转载、印刷、销售、传播之行为，我社将追究其法律责任。

序

  王新才教授，是我任华东师范大学图书馆馆长十年期间所认识、交往的同行。我还记得在四川大学开会的那年，我们第一次见面的情形。那天中餐前，张静波常务副馆长带领我去拜访新才馆长。他坐在桌子边一动不动，笑了笑，没有起身，没有握手。不仅没有什么热情的表示，好像还感觉不够有礼，让我觉得这个人有点傲慢。张馆长说这是图书馆界有名的诗人馆长，我当时特别好奇，一个学图书馆学的人，能够写出什么样的诗来呢？后来随着我们交往的加深，我逐渐认识到新才馆长不仅十分有情有义，业务咨询有求必应，而且是天分很高的诗人。尤其是词作，意蕴丰饶，真情淋漓，兴感细腻，用词精雅。记得那年我们在北美开会的时候，在大巴车里，他坐在前面，我坐在后面，一路上我们常常会构思一些绝句，以打发时光。下车休息的时候，传递诗作，彼此唱和，那真是斯文结缘的美好旅行。后来我在北大、复旦等几座大学图书馆庆祝馆庆期间，多次发起馆长唱酬活动，有陈思和、程章灿、罗时进、刘民钢等馆长参加，诗歌唱和，录为书法，以作献礼，我敢说这是民国以来都没有的图书馆风雅盛事。新才馆长每次都有精美的作品。后来，我忝为全球华人大学生诗词大赛终审主持人，邀请新才教授加盟，他审读相当认真，有真赏独见。我也会经常收到他寄来的馆刊《文华书潮》，每期都有他的诗词作品和鉴赏文字，持续甚久，积稿成书。这次他集为《人间美词》，要我写序，这是我的荣幸，也是斯文因缘的美好见证，我一开始就决定细心读，认真写，不敷衍，不率易，以诚心续此美好因缘。

首篇《思无邪》，追本溯源，从孔子对中国诗歌源头经典——《诗经》的三字评论展开，并与司马迁发愤著书说相互观照，推衍出诗心词心生成之理路，即专诚一念之本心感愤激荡，不得不发，复经酝酿调和而成。创作者须具备此心方能写出佳作，而鉴赏者则须循此本心、理解作者之词心，方能探骊得珠。此篇为开宗明义之总论，其余十六篇按时间顺序，分论自晚唐五代到两宋十六位词人不同词牌的十六首词作。虽侧重不同，但大抵循此理路，知人论世，以意逆志，深探细索作者之词心。

我向来认为研究中国诗词的大道，要以心灵为核心。我一直倡导心灵诗学，认为"诗学散而为文献、笺疏、诗人、诗史、诗法、诗风及修辞，自守家法，各照隅隙"，"考据、辞章、义理，鸡犬之声相通，而老死而不相往来"，以至于"诗学亦与古典中国思想之传承无关，与今日诗性之实践无关，与个体生命之表达无关"。因而，新才教授这一诗观，气息纯正，根柢坚实，比许多中文系的文学教授，更能见其大、识其正。

具体说来，有以下几个特点。

一、作者善于知人论世，从词人之时代、性格、命运、词品的交互影响中宏观把握，通观全局。

1. 人是一切社会关系的总和，时代正是具体社会关系的聚集点。作者在讲具体作品之前，一般先还原词人所处时代，从历史长流中观照词人，从大坐标中看具体人物的命运沉浮。

如讲李璟词，即从唐末的复杂形势写到南唐之立国，再写到李璟的成长环境及继位后政局的风云变幻，之后才引出二首《摊破浣溪沙》。再如讲周邦彦词，则是从熙宁新政写到元祐更化，在政局变幻中展现周邦彦的命运浮沉，最后引出《满庭芳》一词。作者往往在全息全景的时代脉络中穿插词人的生平轨迹，从错综复杂的关系中观照词人个体。

2. 词人之生平、性格、命运、作品相互影响，生平遭际影响性格养成，性格特点决定命运走向，诸多方面综合影响作品的特点，这原本是一个整体。一般论者评析诗词，常常先叙述相关背景、词人生平，再赏析作品，作者则往往将叙述生平、性格与说词交织在一起，多重线索相互穿插，过渡处令人浑然不觉。

如讲陆游词，从"才华"与"诗人"的辩证关系开端，貌似只是寻常感慨，继而说到穷而后工，再引出陆游其人。叙述陆游生平时，由他不能自主的失败婚姻推知陆游缺乏协调人际关系的能力，这种欠缺导致他进入官僚体系后屡屡罢归，而所论之词正写于其中一次罢归之后，于是自然过渡到该词。在讲解该词时，作者从"贪啸傲，任衰残"的"贪"和"任"再次联想到陆游性格，言及陆游愿力有余而执行力不足的矛盾，并进一步由该词之"贪"和"任"联系到陆游后来的别号"放翁"之"放"，以及"放"之个性的成因——与屡屡调动罢免的生平遭际有关，最后仍回到该词本身，总括其中所包含的陆游之多重情感："一种不安闲散亟欲用武而不能的郁闷，一种耽酒溺欢的清狂，一种岁月流逝的紧迫，一种无所作为的不甘。"

我也专门开过陆游诗选读课，觉得新才教授的分析，颇能洞悉放翁之命运与心曲。甚至，我多一句话，多少有些新才教授自己的影子在里面。

3. 十分重视作品风格、品质与词人个性、人品之间的关联。

如论周邦彦词时，先以大段篇幅论其"清"与"真"的个性，再将其心灵之"清恬真纯"与其作品之"清雅纯真"相联系，归结到"清真"是周邦彦"修行"及"写作"的双重标的。再如讲陈与义《临江仙》词中"座中多是豪英"句时，从"多是"而不是"尽是"的微妙差别窥见陈与义未能将自己囊括入"豪英"之列的"谦慎"品质，并认为这是一种"深入到骨子里的品德"。诸如此类，均能从词品窥知人品，从人品想见词品。

二、词体兴于微言，好词多具有幽微要眇之致。作者善于从细处把握，探得词人微妙的词心。

1. 从外在环境景物的推移转换中把握内在情感的张力。

如论李璟《摊破浣溪沙》（手卷真珠上玉钩）上片，先言"锁"字将空间压缩而形成一种"亟待伸张之力"，再转到"无主"的"风里落花"，使得"锁"字形成的紧张感得到松动，而"思绪也随之悠悠扩散"。

2. 将词人微妙的情感和读者精微的感受通过具象生动传达出来。

如论柳永《雨霖铃》（寒蝉凄切）一词上片之铺叙之跌宕与笔法之灵活，喻之为"长河波浪，波波相生相续不止"，而读者只有随其波而逐其流，方能体会到"作者隐藏的感情在其间暗欲滔天"。即是将读词的感受具象化。再如论李煜《虞美人》（春花秋月何时了）一词末句"恰似一江春水向东流"，作者以书法喻词笔："这最后一韵直抒胸臆，造语朴实而又雄丽，仿佛隶书中的偏旁走之，前三韵都只是捺上的点与弯折，后韵的一问，也只是这一捺中的蚕头，后结才是力道沉雄的出锋，渐行渐放，一放不收，直如燕尾，姿俊力道。"即是利用艺术间的相通性，将词之微妙情感通过具象生动传达出来。

3. 词心所贯注之焦点，往往即词眼之所在，善于把握词心者常能准确发现词眼及句眼。

王国维《人间词话》喜用词人名句概括其词之整体品质与风格，如以"画屏金鹧鸪"概括温庭筠词，以"弦上黄莺语"概括韦庄词，以"和泪试严妆"概括冯延巳词。作者循此例而别出心裁，以"风里落花谁是主"概括李璟词，颇能概见时局之动荡给中主带来的身世悠悠不能自主的心理氛围，可谓允当。此外，对于具体作品之词眼，作者以"梦长君不知"为温庭筠《更漏子》（柳丝长）一词之词眼，以"聚散苦匆匆，此恨无穷"为欧阳修《浪淘沙》（把酒祝东风）

词之词眼，各有其独到之处。

至于一句之眼，在苏轼的"拣尽寒枝不肯栖，寂寞沙洲冷"（《卜算子》）句中，作者从"拣"的姿态看出苏轼笔下孤鸿即使被周遭冷寂包围却不肯"随意栖泊"的"有所为"与"有所不为"；在李清照的"闻说双溪春尚好"（《武陵春》）句中，作者从"闻"字的"被动"意味窥见"一个身心疲惫的诗人情绪的百无聊赖"，从"尚"字感受到"一个将去未去的春天在做最后的坚持"，此等处皆可视为一句之眼，因为这些地方正是集中体现词心之处。

对词心的分析，如果没有经历自己创作的甘苦，是道不出来的。

三、客观理性，言出有据，避免牵强与浮泛。

1. 同一句词，或因不同论者的理解不同，或因版本不同，历代往往有多种解读。对于论者莫衷一是之处，作者善于从具体文献中找到证据，给与令人信服的解读。

如论韦庄《菩萨蛮五首》之末章，"洛阳城里春光好，洛阳才子他乡老"二句，以往论者或认为"洛阳才子"是韦庄自指，或以为"不宜实解"，作者则以韦氏《浣花集》为据，以诗证词，得出"洛阳才子"即韦庄自指的结论。再如周邦彦《满庭芳》（风老莺雏）词"凭阑久，黄芦苦竹，拟泛九江船"之句，有"拟泛"与"疑泛"两种版本，作者从"九江"一词入手，联系白居易被贬九江司马及在湓浦口所写《琵琶行》一诗，再结合周邦彦从太学正外放后辗转漂沦的处境，推知周对白身世之认同，得出此处"拟泛"当释作"疑泛"而不当释作"打算去泛"的结论。凡此等处，作者多能从细处发现端倪，从历史背景及创作语境出发，以具体文献为据，做出较贴切的诠释。

2. 诗无达诂，而词旨隐微，更多难以确指之处。但有些看似泛指处，亦当有其大概的义界。作者善于参考词人生平，对词中未能确指之处做可能的解析，因为有据，故不牵强。

如论辛弃疾《贺新郎》（甚矣吾衰矣）一词"怅平生，交游零落，只今余几"句，所谓"零落"之"交游"，虽难以确定究竟所指稼轩哪些亲朋，但作者罗列出稼轩已故及尚存之新知旧雨，使得此句之"交游"有了现实的参考。

3. 作者能综合全面考虑多重因素所造成的词人心境，以此为据来解读词人心曲，便不浮泛。

如论李璟《摊破浣溪沙》其二"菡萏香销翠叶残，西风愁起绿波间"二句，对于是何因缘导致中主有如此深广的愁绪，作者联系南唐"前线兵败、国土日蹙"及党争不已的时局，以及太子弘冀鸩杀了晋王景遂后不久亦死的家事，故知李璟之"愁"乃"战事失败，朝事失常，家事失和"等多重烦忧所致。此等处综合考虑了从国事到家事的方方面面因素，立体呈现了词中情感的现实背景，更能使读者进一步理解王国维评赏此二句所谓的"众芳芜秽、美人迟暮之感"。

读竟《人间美词》，想起新才教授说过的一句话："我们学校图书馆学被评估为全国第一A+，可是在我看来，图书馆学在所有的学科中，只是一个很小很小的学科，这并不值得武大骄傲。"我一直记得这句话。从新才教授的这本《人间美词》，印证了他的见识与学养，也传递了他的清狂与不甘。是为序。

胡晓明（华东师范大学中文系终身教授）
二〇二三年十二月十一日写于丽娃河畔

思无邪

（代前言）

　　《诗》《书》《易》《礼》《乐》《春秋》，儒家六经，按今文经的次序，《诗》排在首位，其意义不言而喻。孔夫子有位学生陈亢，是陈国的贵族后裔，曾经向孔子的儿子孔鲤打听孔子是否给了他特别指导，结果孔鲤提到有两次孔子各说了一句话，一次是"不学诗，无以言"，另一次则是"不学礼，无以立"。礼是人际交往的重要规范，不知礼，则人之视、听、言、动，不知不觉间就可能"非礼"，所以不学礼，无以立。而诗，在古时通常配以乐，是可以歌唱的有节奏韵律的文字。可能正是因为合以音乐，尤其是那些感人的旋律，容易为人们所记住，从而传唱于众口。很多诗歌正因为大家都会唱，有时候一些不便明说的话就得以通过唱诗的形式隐晦曲折地来表达。另外，不相熟的人们见了面，唱唱歌也容易拉近感情。所以不学诗，无以言。

　　"不学诗，无以言"是孔夫子关于诗歌作用看法的一个方面，他还有其他的说法。《论语·阳货》篇中孔子对众弟子说："小子何莫学夫诗！诗，可以兴，可以观，可以群，可以怨，迩之事父，远之事君，多识于鸟兽草木之名。""不学诗，无以言"对应于诗"可以群"。群，就是人际交往。诗可以群，是正面肯定诗的交际作用，而"不学诗，无以言"则通过否定之否定来加以强调。诗不仅"可以群"，还"可以兴""可以观""可以怨"。兴，从创作的角度，指起兴；从欣赏来看，则指激发。诗是人随时随地的情感爆发，从而也能激发别人。人是情感动物，极易触物而生感，尤其是处于艰辛坎坷苦痛之中，心有郁结，便往往发而为诗，也就是所谓诗"可以怨"。

也因此，个人的喜怒哀乐也能通过其所吟所唱呈现出来，对于听者，也就可以观。而从官府的角度，多方收集这些诗歌，弦诵唱咏，也就可以整体上了解民风民情。

鲁迅曾谈及古人创作的起源，假定人们在劳动的场合，比如抬木头，都觉得吃力，而其中一位叫道"杭育杭育"，那么这就是创作。诗歌要比这种简单的创作更有韵律感，语言也更繁复些。到孔子时代，流传下来的古诗有三千多首，而其中脍炙人口、相对定型的有三百余篇，夫子加以整理，去其重，而得三百零五篇，并曾一一弦歌。末了，他对学生们说："诗三百，一言以蔽之，曰：思无邪。"对于"思无邪"的意思，在相当长的时间里，人们都是从正邪的角度来理解。比如东汉的通儒郑玄便以为乃"专心无复邪意也"，梁武帝时期著名学者皇侃疏注《论语》，就引魏晋时给《论语》作过注的卫瓘的话说："不曰思正，而曰思无邪，明正无所思邪，邪去而合于正也。"

"思无邪"一语实际上源出于《诗经·鲁颂》的《驷》篇，全诗共四章，如下：

　　　　驷驷牡马，在坰之野。薄言驷者，有骊有皇，
　　有骊有黄，以车彭彭。思无疆，思马斯臧。
　　　　驷驷牡马，在坰之野。薄言驷者，有骓有駓，
　　有骍有骐，以车伾伾。思无期，思马斯才。
　　　　驷驷牡马，在坰之野。薄言驷者，有驒有骆，
　　有骝有雒，以车绎绎。思无斁，思马斯作。
　　　　驷驷牡马，在坰之野。薄言驷者，有骃有騢，
　　有驔有鱼，以车祛祛。思无邪，思马斯徂。

在每章的倒数第二句，都有"思"字开头的三字短语。从前三

章来看，三字短语的后一字与各章押韵，即疆与皇、黄、彭、臧押，期与驲、骐、伾、才押，斁为入声，与骆、雒、绎、作押，唯独到了第四章，如邪读成正邪之邪，则不与駓（洪孤切）、鱼、袪、徂押。虽然朱熹注意到"思无邪"一语出自《駉》篇，且注邪音为祥余切，但他显然也是从正邪的角度来理解其义的。他在《论语集注》中说："凡诗之言，善者，可以感发人之善心，恶者，可以惩创人之逸志，其用归于使人得其情性之正而已。"

朱子的学说在当时便深有影响，元以后更被确立为官方意识形态，因此这种正邪观从儒家五经立于学官起，在近两千年的时间里一直是人们关于诗之作用的主流看法，虽然与朱子同时的项安世曾经注意到"思"字用于句首与句末多为语辞，也就是没有实际意义的虚词，但他举的例子没有涉及"思无邪"一句，清末的俞樾因此深以为惜。而俞樾虽认为《駉》篇的八个"思"字都属语辞，但他也仍然认同邪正之说，以为"诗之为体，论功颂德，止僻防邪，大抵皆归于正"。

在《駉》篇四章中，"思"字领头的四句三字短语在结构上乃至意义上都存在相同或相近之处。所以朱子以为"无期犹无疆"。不过朱子因持邪正之观，没有进一步解释"无斁"及"无邪"相互间的关系。而要了解"思无邪"的本义，除了要知道"思"字无实义外，还须了解"邪"字的读音。《诗经·邶风》的《北风》篇中有"其虚其邪"一句，汉代之人引用这一句时多作"其虚其徐"，朱子《诗集传》从押韵的角度注邪字之音为祥余反，即应读为徐，但他却没有从虚徐的角度来理解。应该说朱子在很大程度上已经接近"思无邪"本义之大门，但因秉持诗歌教化之说徘徊而去。

最终颠覆此一正邪教化之义的时间因此推迟到了民国。1933年郑浩在《论语集注述要》中指出，意思上，无邪与无疆、无期、无斁"义不相远"，读音上《管子·弟子职》篇也有"志无虚邪"句，邪当读徐，虚邪二字"双声联合"，乃"古所习用"，所以"无邪犹无斁"，"无厌斁，无虚徐，则心无他骛，专诚一志，以之牧马，马安得不盛？"明确了"无邪"乃"无徐"，乃不虚徐，这样再来看孔夫子所言，便知"夫子盖言诗三百篇，无论孝子、忠臣、怨男、愁女皆出于至情流溢，直写衷曲，毫无伪托虚徐之意，即所谓'诗言志'者。此三百篇之所同也，故'一言以蔽之'"，只是"诗人性情千古如照，故读者易收感兴之效"。

原来，夫子"一言以蔽之"说的不是关于诗之教化，而是关于诗之创作，说的是人们何以要写诗。两千余年来误解成教化，原因很可能在于夫子的这段话编录于《论语》的第二篇《为政》。《为政》篇首先便说"为政以德"，接着便是这条"思无邪"，因为语境的变迁，也因为事境的变迁，人们便首先将"思"赋予了实义，也就是不再作为语辞，而是以之作为动名词，即人们之所思虑。这些思虑表达出来就是言，而心思也好，言语也好，便像朱子说的那样有"美恶不同"，用于政教，便可"或惩或劝"，从而使人们"得其情性之正"。也就是说，"思"之义一旦落之于实，则"邪"之义必然导向于正邪。但正像清末名士王闿运所言，该句本来出于咏马，"马岂有所谓邪正哉！"

实际上这一段话编录于《为政》，更大可能是从"诗可以观"的角度来说的，因为诗三百篇，原来都是人们饱经人生之不吐不快。人有悲欢离合，喜怒哀乐，而"古有采诗之官，王者所以观风俗，知得失，自考正也"。诗能供君王们观风俗、知得失、自考正，因为言为心声，诗表达的正是人们内在之不吐不快，所以君王们才需要观之以了解民心民情，而这才应当是"思无邪"可以"为政"的本质原因。

　　《毛诗序》曾经解释人们为什么要写诗："诗者，志之所之也。在心为志，发言为诗。情动于中而形于言。言之不足，故嗟叹之；嗟叹之不足，故永歌之；永歌之不足，不知手之舞之、足之蹈之也。"人之可贵，生之可爱，正唯有情。这情随时随地而动，而情何以会动于人们的内心？因为人生而有眼耳鼻舌身意，此即佛家所言六根，因六根而具六识，从而可以视听嗅味触知，因了这六识，进而可以感知并认识人世间的万事万物，这万事万物总括而类言之便是色声香味触法六尘。

　　也曾经有人这样问朱熹。朱子的回答是："人生而静，天之性也；感于物而动，性之欲也。夫既有欲矣，则不能无思；既有思矣，则不能无言；既有言矣，则言之所不能尽而发于咨嗟咏叹之余者，必有自然之音响节奏而不能已焉。此诗之所以作也。"（朱熹《诗集传序》）在朱子看来，因人有欲有思，感于物而动，从而不能不说话，而那些合于自然音响节奏的咨嗟咏叹就是诗了。

　　这些咨嗟咏叹多生发于人们遭遇离合悲欢之时，尤其是身历不幸之际。所以在汉武威权之下惨遭不幸的司马迁深有感触地说："昔西伯拘羑里，演《周易》；孔子厄陈蔡，作《春秋》；屈原放逐，著《离骚》；左丘失明，厥有《国语》；孙子膑脚，而论兵法；不韦迁蜀，世传《吕览》；韩非囚秦，《说难》《孤愤》；《诗》三百篇，大抵贤圣发愤之所为作也。"（《史记·太史公自序》）

　　一个人的一生只有短短的几十年。绝大多数人通常都是悄无声息地到来，然后又悄无声息地离开，甚至很少有事情能证明他们曾经的存在。而雁过留声，人过留名。那如何才能留名于一时一世乃至万世呢？古人有所谓"三不朽"之说。三不朽即立德、立功与立言。立德，孔颖达正义称乃"创制垂法，博施济众"，通常是君子之类的大人物才能做得到的事，普通人只能称之为修身。立功要"拯厄除难，功济于时"，也就是当时代有厄有难之际，一个人恰逢其会，而又能化解危难，功才能立。这要求一个人既要具备能力，还得要有机遇。而对于普通人来说，成功相对容易的便只有立言，尤其是对于读书人。但一个人随便说点什么写点什么容易，而要使其言得以立则不容易，这需要"言得其要，理足可传"（《左传·襄公二十四年》）。

对于声名，子曰："君子疾没世而名不称焉。"（《论语·卫灵公》）这里孔夫子显然不是担心有没有人称道他，他更关心的是一个人的言行要配得上他的声名。一个人要做到"言得其要，理足可传"实际上也与做人相关。《论语》开篇即称"学而时习之"，这意味着人的一生就是一个各种场合都要注意自己言行学习做人的过程，而一个人终生所要学的，以及时刻所要习的，则是"仁"。"君子去仁，恶乎成名？"如果内中没有一种善的坚守，行为远离了仁的要求，那还能称为君子吗？所以夫子说"君子无终食之间违仁，造次必于是，颠沛必于是"，这句话非常形象地解释了"学而时习之"句中的"时"字，无论是一顿饭之顷，抑或是最慌促之际，或者是最颠沛之时，都要按仁之要求来行事。夫子举例说："富与贵，是人之所欲也，不以其道得之，不处也；贫与贱，是人之所恶也，不以其道得之，不去也。"获得富贵，避免贫贱，这是人的正常欲望，但去处之间，要依仁行事，不能"不以其道得之"，或者说不能不择手段。

上面所引孔夫子的话出自《论语·里仁》篇。在《里仁》篇中还记载夫子有一次对曾参说"吾道一以贯之"，说完就走了出去。其他的门生弟子们没能明白，就问曾参，夫子说的是啥意思，曾子回答说："夫子之道，忠恕而已矣。"孔夫子一生主张仁爱，他的一以贯之之道据曾子的解释乃是忠恕，而实际上忠恕与仁并非二事，实为一事，或者说忠恕就是仁的本质。所谓忠，乃修其在己者，而

恕则是推己及人。《礼记·大学》中说："古之欲明明德于天下者，先治其国。欲治其国者，先齐其家。欲齐其家者，先修其身。欲修其身者，先正其心。欲正其心者，先诚其意。欲诚其意者，先致其知。致知在格物。物格而后知至，知至而后意诚，意诚而后心正，心正而后身修，身修而后家齐，家齐而后国治，国治而后天下平。"这段话有格物、致知、诚意、正心、修身、齐家、治国、平天下等八个关键词，从格物、致知、诚意、正心到修身，说的便是忠；而修身之后，说的乃是恕。

一个人要修好身，先须格物致知，也就是要通过对万事万物的体察，学习钻研，获得知识，形成判断力。而如何判断，怎样决策，则必然需要诚意正心。孔子之后，孟子力主性善，再后荀子力陈性恶。而无论性善还是性恶，实际上就是要在本无所谓善恶的人性中确立一个判断的标准，给人类行为确定一个行动的方向。"食色性也"，人有六根，有基本的生理需求，荀子所谓"饥而欲食，寒而欲暖，劳而欲息"（《荀子·荣辱》），但如果不加克制，人们的欲望就会膨胀，因为人们总是"目欲綦色，耳欲綦声，口欲綦味，鼻欲綦臭，心欲綦佚"（《荀子·王霸》）。这个"綦"字，古人有释为"极"者。实际上，綦就是其，其色、其声、其味、其臭、其佚之"其"，乃相对于"此"而言。凡拥有的是"此"，而在拥有以外的，都属于"其"。在"此"与"其"间，隔着的正是人类的欲望。所谓诚意正心，首先便是要直面自己的内心，君子慎独，忠以持己。

但一个人并非持好了己、修好了身就可随意去齐家、治国、平天下。齐、治与平，都涉及与人相处，且难免会采取一些激烈的方式与手段。所以当子贡问孔子有没有一句话可以终身奉行之时，孔子脱口道："其恕乎！己所不欲，勿施于人。"（《论语·卫灵公》）推己及人之时，不是以己为中心去强推，而是应当换位思考，自己

思无邪

不愿意别人加之于己者，那自己也就不应当加之于人，即所谓恕以待人。

正因为人生而有欲，在欲望主导下，人类的行为必然会导致相互冲突，所以需要确立行为规范，哪些可以做，哪些不可以做。孟子推原人类的恻隐之心、羞恶之心、恭敬之心与是非之心，以之为善，以期人们循善而归善。荀子则以人生而有欲且欲望通常难以满足断定人性本恶，这实际上也是在人类行为中树立一个恶的范畴以期人们能够有效避免，去恶而向善。正是因为善恶标准的确立，才为人类行为指明了方向。这个标准在儒家就是仁，"学而时习之"，就是要以仁为准则在各种场合去践行。学，学的是仁，而习，合乎仁的就要坚持，不合的，就要去之。所以《论语》开篇第二段就记载有子所言孝弟乃仁之本，第三段记载孔子所说"巧言令色，鲜矣仁"，这是从否定的角度谈仁，而第四段则记载曾子所言"吾日三省吾身"，乃从反省的角度来查看自己是否做了不该做的事。

一个人顺风顺水的时候，人性中善的一面容易彰显，而对于人性的考验通常来自"颠沛"与"造次"之时。那些有所成就的人，通常都是在"颠沛"与"造次"之际有所坚守的人。所以孟子说："天将降大任于是人也，必先苦其心志，劳其筋骨，饿其体肤，空乏其身行，拂乱其所为，所以动心忍性，增益其所不能。"（《孟子·告子下》。传统句读为"行拂乱其所为"，与"必先"后所接皆动宾结构短语不合，"行"当归上句，"身行"当为"身形"，行、形音近而误。）在逆境中动心忍性，人性才能经受考验，人之能力也因此得到提升。司马迁所列举的西伯（后为周文王）、孔子、屈原、左丘明、孙膑、吕不韦、韩非诸人，都或拘或厄，或放逐或失明，或被膑或迁囚，都有身处逆境的经历，司马迁自己也身遭宫刑，正是在逆境中坚守不屈，才写出了各自的传世大作。《诗经》中的三百余首诗，虽然

作者多不明，而在司马迁看来，无疑也是"圣贤发愤之所为作"。

"发愤"一词正与"思无邪"相呼应，该词包含三个层面的意思：它首先意味着生活的颠沛，或者说这里隐含着发愤的原因；其次是因所遭遇，心有郁积，乃至欲怒，即所谓愤；第三则是因有郁积，自觉不满而奋发。发愤，并非指愤怒之外显，那种在逆境中忍受不住艰难困苦而胡乱发怒最终只会导致冲突的爆发与不可解。所以孟子强调"动心忍性"，身心遭受磨难时，意志一定要有所忍耐，人的能力也正是在这种磨难与忍耐中得到提高。并不是所有的人都能经受得住磨难，多数人会在生活的重压下垮掉或被迫妥协，泯然于世。只有少数意志坚韧而又具备相应机缘之人才能在逆境之中坚守并奋起，"富贵不能淫，贫贱不能移，威武不能屈"（《孟子·滕文公下》），成为孟子眼中的"大丈夫"，成为司马迁笔下的"圣贤"。

虽然诗三百篇大抵为圣贤发愤之所为作，那是不是只要圣贤愤而不忍，喷薄而发即为佳作呢？这涉及诗歌的评判标准。大体来说，作为歌唱版的歌，人们首先感受到的是其旋律，而作为文字版的诗，则首先接触到的是语言。旋律的动听与否，与语言的动心与否，无疑就成为诗歌能否得到关注的第一要素。诗词讲究形象思维，通过运用语言将所见、所闻、所感、所思融之于形象。这所见、所闻、所感、所思，正是六识作用于六尘的结果，这种作用也是人类情感之所由生。"圣人忘情，最下不及情，情之所钟，正在我辈"（《世说新语·伤逝》）。人之可贵，恰为有情。而这情首先必须真诚。真诚是情能动人的基础，而语言要能体现这种真诚。但什么样的人才能做到真诚？就是那些在颠沛之时、造次之际保持一念之本心的人。这一念之本心，就是人类的向善之心，就是孟子宣扬的赤子之心，就是李贽倡导的童心，也是佛家推崇的慈悲之心。

这一念之本心，愤而发则为诗为词，乃是所谓诗心或词心。况周颐说："吾听风雨，吾览江山，常觉风雨江山外有万不得已者在。此万不得已者，即词心也。而能以吾言写吾心，即吾词也。"这万不得已者郁积于心，不得不发，而在发出前仍会经由人之心灵来酝酿。人是情感动物，也具备相应的理性。这种酝酿因而通常是情感与理性的调和。所以，"此万不得已者，由吾心酝酿而出，即吾词之真也"。这种经由酝酿自然而然形成的诗词，"非可强为，亦无庸强求。视吾心之酝酿何如耳。吾心为主"（《蕙风词话》）。清初的叶燮也说："诗是心声，不可违心而出，亦不能违心而出。"（《原诗》）

正因为诗词乃由心酝酿而出，所以好的诗词文字上或则出自心灵而切己，或则顺由心灵驰骋想象而适性。至于文字本身，只是表情达意的工具，从必要而充分的角度，可算充分条件。只是一个人读书多，显然会在语言文字的运用上占据优势。所以况周颐在重点强调"吾心为主"之外，还说"书卷其辅"，所谓"读书破万卷，下笔如有神"，对于那些多读书、善读书的人来说，"书卷多，吾言尤易出耳"（《蕙风词话》）。

民国时期，曾经有学生问刘文典教授如何才能写好文章，他的回答是一句佛号"观世音菩萨"。这句看似简单的佛号，实际上却是作文的不二法门。观，即观察、观照，意味着要采取一定的方法。世，指世间万象，众生苦乐，是观察或观照的对象。音，指音韵，也就是说，语言要讲究。菩萨，则是指菩萨心肠。写作者一定要深具菩萨心肠，胸怀悲悯，以慈悲之心观照人间，用心体会，才能写出好的文字。写作者的菩萨心肠，即文心，从诗词的角度，也就是诗心，或词心。孟子说："人之所以异于禽兽者几希，小人去之，君子存之。"（《孟子·离娄下》）人与禽兽皆属动物，但人之所以为人，正在于人能修其在己者，从而发现内心向善的一念之诚，并秉之而行，此即孟子所谓由仁义而行。这样的人，便是君子，或者说君子就是那些发

现了人的本质率性而行，能具备并彰显人性之高贵的人，反之便是小人。一个优秀的诗人，当他作诗填词的时候，必定是诗中君子，词中圣贤。好的诗词，也必然展现品格之高雅，体现人格之高尚，张扬人性之高贵（参见张海鸥《传承高贵——古典文学研究的当代意义之一》，徐晋如《大学诗词写作教程》）。

清末民初的陈衍说："作诗文要有真实怀抱，真实道理，真实本领，非靠着一二灵活虚实字，可此可彼者，斡旋其间，便自诩能事也。"（《石遗室诗话》）练字练句只能算是诗词创作者的基本本领，而通常善于练字练句乃至练意练格者都必须基于对事物的深刻体察，即所谓体物，而体物能否细致深入，则与个人经历、学养相关，尤其与诗心相关。所以陈衍强调作诗文者要有"真实怀抱"。诗人的真实怀抱并非凭空产生，它首先基于在颠沛与造次之际诗人对人性的坚守，然后因为有了颠沛与造次之所历，其怀抱才真实。诗人怀抱中常有如况周颐所谓"万不得已"者，发而为诗为词。这万不得已者，便是如同孔夫子所感叹的诗三百所共由作的"思无邪"。也正是因为在颠沛与造次之际的坚守，那些善感的心灵，志洁行廉，感于物而形于言，好色而不淫，怨诽而不乱，从而为人间增高雅，为人格证高尚，为人性显高贵。大概也正是因为优秀诗词所藏蕴的这种优秀品质，所以历代也就有意忽略诗词所由作之"无徐"，转而突出诗词教化之"无邪"。

结合诗所由作之不虚徐，从诗词欣赏来说，孟子所主张的"知人论世"与"以意逆志"，便特别值得珍视。知人论世，需要了解一个人的生活遭际，了解其为人，尤其要体会作者何以要创作，从实际出发去理解，进而以意逆志，从内心出发去感受，体会高雅，养成高尚，涵臻高贵。

寂寞沙洲冷——读苏轼《卜算子·黄州定慧院寓居作》	103
春归何处——读黄庭坚《清平乐》	111
自在飞花轻似梦——读秦观《浣溪沙》	121
憔悴江南倦客——读周邦彦《满庭芳·夏日溧水无想山作》	133
日晚倦梳头——读李清照《武陵春·春晚》	155
长沟流月去无声——读陈与义《临江仙·夜登小阁忆洛中旧游》	179
家住苍烟落照间——读陆游《鹧鸪天》	189
知我者，二三子——读辛弃疾《贺新郎》	201
最可惜一片江山——读姜夔《八归·湘中送胡德华》	227
后记	241

目录

梦长君不知——读温庭筠《更漏子》 ………… 001

未老莫还乡——读韦庄《菩萨蛮》 ………… 015

风里落花谁是主——读李璟《摊破浣溪沙》 ………… 035

问君能有几多愁——读李煜《虞美人》 ………… 051

今宵酒醒何处——读柳永《雨霖铃》 ………… 071

无可奈何花落去——读晏殊《浣溪沙》 ………… 085

可惜明年花更好——读欧阳修《浪淘沙》 ………… 095

梦长君不知

——读温庭筠《更漏子》

更漏子（六首其一）

/ 温庭筠 /

柳丝长，春雨细，花外漏声迢递。惊塞雁，起城乌，画屏金鹧鸪。

香雾薄，透帘幕，惆怅谢家池阁。红烛背，绣帘垂，梦长君不知。

夜，指的是从天黑到天亮这段时间。古人将夜分为五个时间单位，在宫中，每个时间单位都要派人执守，按时更换，所以这个时间单位就称为"更"。为了便于了解时间进度，安排换班，古人发明了"漏"，就是制作一铜壶，在壶中插入一标竿，刻上一百个刻度（后来增为一百二十刻）。壶可以受水或漏水。当受水或漏水的速度一定，根据受或漏的情形，标竿就会升或降，这样看刻度就可知到了几更。因为漏主要用来记更，所以也称"更漏"。而《更漏子》，作为词牌，就可看作是歌咏夜的小曲。此调创于晚唐，尤以温庭筠最为擅长。

温庭筠，原名岐，字飞卿，太原（今山西太原西南）人，乃唐初宰相温彦博之裔孙。从温彦博七传而至温庭筠，家道已落。从其现存诗文来看，他应该出生或成长于江南吴地，很可能年幼失怙，为父亲之朋友领养。他在《上令狐相公启》中称"嵇氏则男儿八岁，保在故人"，这是拿嵇绍自比。嵇康有子嵇绍，《与山巨源绝交书》言"男年八岁，未及成人"。而不及两年，嵇康被司马政权判处死刑，临终自思还是这位山涛山巨源可靠，因而向他托孤。温庭筠长大成人后有才名，在考场上能做到八叉手而完成八韵诗，因而赢得了"温八叉"之雅号。但是他的生平事迹却基本湮没无闻，只偶留一鳞半爪，供后人管窥蠡测。从一些零星记载中，我们约略知道，他年少敏悟，才思艳丽，"多为邻铺假手，日救数人"，也就是在考场上做枪手。他有一次因此而被"谴之"，从此就算有了污点。

明／盛茂烨／山水六册页之一

他是那种才华横溢却又爱表现的人。这种爱表现的原因，很可能是因为其貌不扬。孙光宪《北梦琐言》卷十及卷二十两处记载他"相貌寝陋"，人称温钟馗。可能也正是因为相貌的原因，他非常用功，且多才多艺。据辛文房《唐才子传》记载，他善鼓琴吹曲，能做到"有弦即弹，有孔即吹"，这无疑使他在青楼勾栏深受欢迎，导致他一有机会就流连于风月。他曾将亲友厚遗之费都花在狎邪之事上，有一次醉后还与巡夜的逻卒发生冲突，牙齿都被打折了。这些行为无疑严重影响到他的声誉，使得他老考不上进士。

他后来混到京师，改了名，并与一些富贵家庭有了联系。其中有比他略大几岁的令狐绹，为宰相令狐楚之子，当时令狐绹可能已经做到了右司郎中，后来还拜了相。但他却很快与令狐绹的公子令狐滈等人凑到了一块，相与蒱饮，酣醉终日。这都不算啥，要命的是他好炫耀的性格。比如唐宣宗喜欢唱《菩萨蛮》调，令狐绹当了宰相后想拍皇帝马屁，就让温庭筠创作了若干首，然后以自己的名义上奏，并叮嘱他一定要保密。结果温庭筠转头就告诉了别人。

喜欢炫耀才华的人通常会瞧不起人。唐宣宗曾赋诗，句中有"金步摇"，一时未想到属对之词，就遣求未第进士属对。温对之以"玉条脱"，得到了皇帝的嘉赏，并打算以甲科处之。但事情最终被令狐绹所阻止，只授予了方城尉一职。因为令狐绹曾经询问出典，温庭筠说是出于《南华经》。事情到此都算正常，但是好炫耀的人不免会嘚瑟，所以他随后加了句话：

"非僻书也。冀相公燮理之暇，时宜览古。"（王楙《野客丛书》卷十四引《南部新书》）这是当面对一个处在高位的人说人家书读少了，要多读点。他甚至还对人说过"中书堂内坐将军"的话，这当然是在讽刺宰相之不学。虽说宰相肚里能撑船，但宰相可以不高兴，因而也就日渐疏远。他也算有自知，曾为之赋诗"因知此恨人多积，悔读南华第二篇"（《唐才子传》）。

不过，玉条脱并非出自《南华经》（即《庄子》），据宋代王楙《野客丛书》研究，乃出自梁陶弘景之《华阳隐居真诰》一书。这样，关于温的奇闻逸事不免有些捕风捉影，却因了"悔读南华"一语而多少有些弄假成真。但毫无疑问，温作为一个其貌不扬的没落贵族后裔，在与人的交往中，为了吸引注意，做了不少出格的事。这使得他一生过得极不顺利。不过，从另一方面来说，他是一个想到什么就做什么的人，很少去计较后果，因而可以说，他具有一种诗人的天真与任性，虽然为此吃尽人生之苦头，却也因此而占得诗性之风流。

温庭筠很善于"状难写之景如在目前，含不尽之意见于言外"，在宋人梅尧臣看来，温所写"鸡声茅店月，人迹板桥霜"就是这样的诗句（欧阳修《六一诗话》）。这句诗以六件事合成一个画面，读来意味十足。他是以这种今天电影所谓的蒙太奇手法来组织画面的高手，就像绘画，随便几种颜色，随便几件物事，以一种巧妙的手法涂抹搭配，画面就充满表现力。"鸡声茅店月"，以鸡声与月而突出时间之早，以茅店而暗示人在旅途，鸡声与月，对应的是听觉与视觉。

而"人迹板桥霜",以板桥来聚焦地点,以霜来突出环境之严酷,而人迹印在板桥,充分表现出人生之艰辛。词虽只六,而意却无穷。

这种蒙太奇手法,最适于以短语或词组来表现。所以虽然温庭筠传世的词作在《花间集》中首录的是其《菩萨蛮》十四首,但个人觉得,更能体现他的才情的是六首《更漏子》,而本文所选的这一首,则是这六首的代表。

《更漏子》,正体双调四十六字,前段六句两仄韵、两平韵,后段六句三仄韵、两平韵。总共四十六字,却有十二句,平均每句不到四字。也就是说,本调以短语为主。而一首诗或词短语的增多,正意味着其排列组合能力的增强。

但是,一首诗是不是短语一定要多才好呢?那倒不一定。就像画画,有的人能用不多的颜色画成绝美的画面,有的人却可能因颜色太多而将画面弄得杂乱无章。兵在善于统帅的韩信那里可以多多益善,而在不善统兵的人那里,则可能导致尾大不掉。而温庭筠显然是个画面布置高手。

柳丝长,春雨细,花外漏声迢递。起首三句,首先交代环境。从柳丝、从春雨、从漏声,我们可以知道作者是在描写春夜。"柳丝长,春雨细",从所视起;"花外漏声迢递",以所闻承。能看见,表明夜不是那种伸手不见五指的黑,而从"春雨细"也可知云层当不太厚,在月圆前后,纵然有雨,入夜也多少有些光亮。所以临窗可以看到柳,柳丝正长;可以看到雨,雨丝恰细。既能隐约看到,可看到的事物应该很多,何以起

清 / 于非闇 / 红梅鹇鸪图

首即言柳？因为在古代冬天气候恶劣，不宜远行，所以外出的最好时间就放到了春天，因而春天往往就意味着分别。惜别之际，恰柳丝飘飘，似伸手欲挽，且柳音近留，折赠柳枝，表达的就是一种对留下来的期盼。所以起句"柳丝长"实际上是在暗示分别，而别时恰逢细雨。

别后时光，白天还好打发，入夜则最是难耐。而雨丝虽细，细雨成滴，滴声不断，恰如滴漏，此一声，彼一声，一声未歇，而另一声又响起，院子里开着花，声音从花外不断传来。这种迢递不断的声音形成一种注意力聚焦，在别后内心无着的时候最容易抓住人。而时间，在人们不注意的时候，青春，甚至一生，都悄无声息，一溜就不见了踪影。但在别后的雨夜，时间被分割成了一滴一滴，滴声有多持续，时间也就有多难挨。

惊塞雁，起城乌，画屏金鹧鸪。这一段由于前两句皆写动态之鸟，而忽然接以静态之鹧鸪，有人即以为"画屏金鹧鸪"一句"强植其间，文理均因而扞格矣"（李冰若《栩庄漫记》）。清陈廷焯则以为"此言苦者自苦，乐者自乐"（《白雨斋词话》）。叶嘉莹先生则以"感觉上之真实"来加以解释。她从六祖惠能风动、幡动与心动的故事入手，从雁唳乌啼所引发人之心念惊起，而以为"画屏上之鹧鸪，则固不能鸣叫亦不能惊起者也。然彼此心惊念起，面对画屏，耳闻雁唳乌啼之人观之，则屏上之鹧鸪亦有惊起鸣叫之感，遂并此惊起之塞雁城乌连言而并举之矣"（《迦陵谈词》）。叶先生这是为了使这段话意思连贯而强为之解说，所以她自己也觉得勉强。

而实际上这是由于解说者将目光集中在鸟身上而造成的。三种鸟，两动一静，从直接描写对象来说，意思自是不连贯。但是，这段话主要不是写鸟，而是写人，写人之从听到看。整个上片前三句从看到听，后三句从听到看，都是在写人入夜后的活动。春天雨夜，偶尔的风吹草动都会惊动栖息在不堪的环境中的生灵。一惊一起，写的是动作，似乎是作用于人的视觉，而实际上入夜视线模糊，所以应该是从雁与乌的叫声分别出来的。

春天大雁从南飞往塞北，所以称"塞雁"（相对的，秋天雁飞往南方，据说至衡阳而止，所以也称"衡阳雁"。范仲淹"衡阳雁去无留意"，有人以为"衡阳雁去"乃"雁去衡阳"之倒装，乃是未将"衡阳雁"作为固定搭配的缘故）。作为候鸟，雁定期迁徙。有一类人也是这样，他们到了春天也要离开故园。所以这一句也与"柳丝长"呼应，再次暗示了分别。

城乌则是留鸟。被打更声或风雨惊起的鸟，有的飞走了，一去不回，有的则留下，静度时光。分开的与留下的没有丝毫牵连。而人则不一样。相识的男女，最难排遣的是情。有了情，分别就成为人世间最痛苦的事。佛说人间八苦，其中之一就是"生别离"。作为分别场景中留下来的当事人，听得乌飞的飞，留的留，那一份愁肠千转，可想而知。然而她却无能为力，只能静静地看着室内，室内有画屏，屏上画着金色的鹧鸪。所以上结这句"画屏金鹧鸪"即使不称为神来之笔，也当承认其用笔之独特。一转折间便由动而静，从听而视。

香雾薄，透帘幕，惆怅谢家池阁。这一段前两句好理解，春寒之夜，薄雾透过重重帘幕飘进燃着香的房间。但后一句却不易领会。"惆怅谢家池阁"，是谁在惆怅？是房间里的人，还是别后外出的行人？要理解这一句必须结合最后一段。红烛背，绣帘垂，梦长君不知。夜渐深，红烛也已熄灭，房中人终于沉入梦乡，且梦很长。结合上段，则"惆怅谢家池阁"应该是指梦中事，且应当理解为房中人梦见了远行人在谢家池塘前惆怅。谢家池塘，应该是因谢灵运的名句"池塘生春草，园柳变鸣禽"而泛指春草池塘。但也正因有大谢诗句，远行路上，见到春草池塘，不免有时光流逝、物变人非之惆怅。下片从居者揣想行者，而托之一梦，其手法乃得之于老杜诗《月夜》"今夜鄜州月，闺中只独看"，不写自己想念妻儿，而是"遥怜小儿女，未解忆长安"。与老杜不同的是，老杜是身在其中，是当事人，而温则置身事外，是记录者或描写者。

　　从《诗经》开始的中国诗词传统一直强调赋比兴。赋，既可以是诗人对所见所闻的具体物事的铺陈，也可以是对过程的描述。这首词就只是记录了这么一个过程，是赋的直接运用。这种运用以局外人的身份来展开，便显得极其理性。它不同于感情的直接倾泻，那样就形成叶嘉莹先生所称的感性诗。

　　为了更好地描写故事，作者采用了很多手法。比如以柳丝起兴，暗示分别；以雨细漏长表明别后之夜长难耐；以听雁惊乌起，看鸥鹆在屏体现长夜之辗转；以春寒透幕、烛灭帘垂表现终于就寝入梦。而对于做梦，是先写梦境，后补述交代只是一梦。所以从"香雾薄，透帘幕"到"惆怅谢家池阁"跳跃极大，只有结合下段"红烛背，绣帘垂"以及"梦长"才发现原来乃梦境。而"梦长君不知"这一结句，作者代做梦人说出了非梦时的感慨。作者这时已不仅仅是一个描写者，他不再是局外人，而是一个身份代入者，或者说，作者正是要借做梦人的酒杯来浇自己的块磊。

自常州派词人张惠言评温飞卿《菩萨蛮》等词乃"感士不遇"，"照花前后镜"等四句乃"《离骚》初服之意"（《词选叙》），继起如陈廷焯也指温词多"风人章法"（《白雨斋词话》），至吴梅乃称"全祖风骚"（《词学通论》）。不过，也有一派人士以为温词"类不出乎绮怨"（刘熙载《艺概》），"皆一时兴到之作，有何命意"（王国维《人间词话》）。但至少从这首词，温庭筠从局外身份而突入为局中身份，可知"梦长君不知"正是他之寄意所在。

君，在古代，可以是对对方的敬称，也通常可指一国之君。温庭筠虽然个性特别，甚至被世俗目为道德有缺陷之人，但我们还是可以感受到即使因为相貌，因为怀才不遇，即使在生活重重重压之下，他也通过爱表现而呈现出一派天真。不过他虽然表现了才华，却无人赏识。这种遗憾连孔夫子有时也不禁会感叹"沽之哉，沽之哉！我待贾者也"。"梦长君不知"，这正是温庭筠通过间接的方式而做出的最直接的表达。

王国维《人间词话》说："'画屏金鹧鸪'，飞卿语也，其词品似之。"这是说温词就像画屏所绘之金鹧鸪，一派金光灿然，却了无生气。王国维显然不喜欢温词这样局外人似的理性描写，他更喜欢像李后主那样直抒胸臆的性情之作。而温庭筠作为一个生活中相当感性的人，其创作却极具理性，极其客观。这首词也可看作是这个极端感性诗人的极其理性之作。王国维敏锐地感觉到"画屏金鹧鸪"乃是这首词的核心，并用来概括其创作者的整个创作，但知人论世，因对其人知之不深，故所总结不免牵强。

  这句话在这首描写春雨之夜的词中，从表现别后听听看看时光难挨，转向烛灭帘垂终至入梦，无疑起着枢机的作用。无数纷乱的意象都围绕着看金鹧鸪这一动作而组织，而展开。作者无疑具有充分的意象选择能力、画面组控能力，以及叙事表达能力。

  但这句话并非这首词之核心。这首词如果说有词眼，词眼乃是"梦长君不知"。一个时代如果有才华的人不能正常崭露，或者说人的基本权利不能得到保障，只能在一种极促狭的环境中曲折求生，甚至连这曲折的通道都时常堵塞，那这个时代也就离崩塌不远了。比温庭筠稍小的一个秀才黄巢落第后恨恨写道："待到秋来九月八，我花开后百花杀。冲天香阵透长安，满城尽带黄金甲。"他以武器的批判代替了批判的武器，从而将大唐乃至人间带入了劫难。显然，"梦长君不知"，这句雨夜的梦呓，正是这个时代崩塌前的一声微弱嘤咛。

未老莫还乡

——读韦庄《菩萨蛮》

菩萨蛮（五首）

/ 韦庄 /

其一

红楼别夜堪惆怅，香灯半卷流苏帐。残月出门时，美人和泪辞。

琵琶金翠羽，弦上黄莺语。劝我早归家，绿窗人似花。

其二

人人尽说江南好，游人只合江南老。春水碧于天，画船听雨眠。

垆边人似月，皓腕凝霜雪。未老莫还乡，还乡须断肠。

其三

如今却忆江南乐,当时年少春衫薄。骑马倚斜桥,满楼红袖招。

翠屏金屈曲,醉入花丛宿。此度见花枝,白头誓不归。

其四

劝君今夜须沉醉,尊前莫话明朝事。珍重主人心,酒深情亦深。

须愁春漏短,莫诉金杯满。遇酒且呵呵,人生能几何。

其五

洛阳城里春光好,洛阳才子他乡老。柳暗魏王堤,此时心转迷。

桃花春水渌,水上鸳鸯浴。凝恨对残晖,忆君君不知。

中国古人安土重迁，非必不得已，一般不出远门。而有时生活所迫，或遇战争，则被迫流离失所。对于很多人，一旦出了家门，还乡就成为梦寐以求的奢念。

"如幻如泡世，多愁多病身。"这是晚唐著名诗人韦庄在即将离开寄居地婺州（今浙江金华）时写下的诗句。其中的"多愁多病身"经元王实甫《西厢记》与"倾国倾城貌"对偶，再经清曹雪芹《红楼梦》中人物贾宝玉与林黛玉共读时脱口道出，遂成为众口流传之名句。人生在世，生老病死诸苦，都是无法避免的，而愁也似附着于其中，越老越病而越愁，更何况身处乱世，如幻如泡，如露如电呢！这句子有颖悟简明、直击人心之力。而其作者晚年仕蜀，官至吏部侍郎兼平章事，人称"韦相"，后蜀武成三年（910）辞世。三十多年后，后晋刘昫等修《唐书》，六十多年后宋初薛居正修《五代史》，百多年后欧阳修再修《唐书》与《五代史》，竟然都没有为他立传，以至于他去世的年月虽然较明确，但到底活了多少岁月，却就此成谜，需要从历史的残编断记来考证。

而在诸多的野史笔记中，关于他的记录多为一鳞半爪，且往往相互抵牾。比如，关于他的出身，欧阳修虽未给他立传，却在《新唐书·宰相世系表》中将他列在韦氏逍遥公房，其七世祖为韦待价，武后时做过宰相，四世祖为韦应物，著名诗人，曾官苏州刺史。而《蜀梼杌》则以为韦庄是韦见素之后裔，韦氏九房，见素是南皮公房，在玄宗朝做过宰相。傅璇琮主编的《唐才子传校笺》以为世系表多谬误，认同《蜀

宋 / 马远 / 山径春行图

梏杌》的说法。不管哪种说法，都表明韦庄是宰相之后，而韦氏也的确是杜陵世家。

韦庄，字端己。夏承焘从他作于浙西的《镊白》诗中一句"新年过半百"推断他约出生于唐文宗开成元年（836）。《唐才子传》称他"孤贫力学，才敏过人"，《太平御览》悭吝类引《朝野佥载》说他"颇读书，数米而炊，秤薪而爨，炙少一脔而觉之"，一盘肉炙少了一片都能发现，已属离谱，更离谱的是记载他孩子早夭后脱下其新衣而只裹以旧席埋葬，葬后还将旧席带回。韦庄童少年时期是否丧父而孤已难确知，但显然不能称贫。他"初骑竹马"（《洪州送西明寺省上人游福建》）年约七岁之前，家在鄠杜，住的是"御沟西面朱门宅"（《途次逢李氏兄弟感旧》）。在白居易去世（会昌六年，846）前后曾一度侨居白居易的老家下邽。他诗歌中的晓畅风格无疑应溯源于此。成童以后，他家应该搬到了虢州涧东村（今河南灵宝汽车客运站附近还有这一地名），从其所写"试望家田还自适"（《虢州涧东村居作》）的诗句，表明他家在此应有祖业。贫是一个相对概念，如果与其富贵的祖上比，那自然是今不如昔，但从普通的意义上，他青少年以前离贫的距离要比离富的距离更大。在虢州他生活了大约十年（聂安福《韦庄集笺注》），极可能为了科考才回到长安，他在写给虢州崔郎中的诗中说"雾雨十年同隐遁"（《冬日长安感志寄献虢州崔郎中二十韵》）。也因重回长安，恢复了与长安韦氏家族一度中断了的联系，并有诗写给其堂兄韦遵（《寄从兄遵》"沧海十年龙影断,碧云千里雁行疏")。

但他的科举之途却极不顺畅。唐后期每年科举取士的人数极其有限,整个王朝限制在四十人,皇帝还嫌多,又减为三十人,所谓"三十仙材上翠微"(《放榜日作》)。由于录取率偏低,如果"要路无媒",等到发榜日,通常寻名不见,不免黯然神伤。唐代的读书人多有一段如孟郊诗所称的"昔日龌龊"的经历。韦庄早岁的诗留存下来的不多,而能够推断出的早年诗也多与落第有关,如《下第题青龙寺僧房》直标下第,《冬日长安感志寄献虢州崔郎中二十韵》《寄薛先辈》之类则大概是他试图媒通要路的干谒之作,这些诗多作于唐懿宗咸通初年,韦庄其时二十六七岁。他虽说志向远大,"平生志业匡尧舜"(《关河道中》),对一时的失利似乎早有心理准备,"仙桂年年折又生"(《寓言》),但他料不到的是,这一折竟差不多折去了大半生。

> 春日游,杏花吹满头。陌上谁家年少,足风流。妾拟将身嫁与,一生休。纵被无情弃,不能羞。

写这阕《思帝乡》时,韦庄可能刚刚步入科考行列不久,正是词作女性视角中的风流年少,而他的文字已开始呈现出活泼晓畅的风格。这首词从游春着眼,将一位女子的所见所思所感和盘托出,如大河奔腾,似是一泻无余,却又回旋不尽。

杏花,是与科考有极大关联之花。据李淖《秦中岁时记》:"进士杏园初宴,谓之探花宴,差少俊二人为探花使,遍游名园。"他没有成为自己笔下为人艳羡的陌上风流年少,反而成为那个一嫁不悔的追求者。这样一个为了所爱大胆追求无怨无悔的形象,某种程度上描写的正是像他这样匍匐于科考之途的读书人,自入场屋,为了一朝的金榜题名,一生不休。而头被杏花吹满的通常只是少数幸运之儿,多数人往往被无情抛弃,也只能无可奈何,暗恨吞声。

也有少数人心怀不满,一遇风吹草动便不免兴风作浪。曹州冤句的黄巢便是这样一个像韦庄一样一直难中进士的落第士子。与韦庄不同的是,当水旱天灾频发,王仙芝揭竿而起后,他随即于乾符二年(875)聚起人马,造反响应了。黄巢尤喜动乱,生性嗜杀,所过之处,烧杀抢掠,或受裹挟,或遭掠杀,一时之间便横扫山东、河南、湖北、安徽,声势浩大。

从咸通到广明间二十年左右的时间,韦庄一直与进士无缘,这期间他应该到过湖北、湖南一带游历,为了增广见闻,也可能是为了衣食而游幕。广明元年(880)他又到长安应考,但当年十二月黄巢率军攻破了京城。他在重围中复罹重疾,且与弟、妹失散。现不清楚他是如何逃离出乱军包围的,只知道当中和二年(882)御驾被迫幸蜀后,他于次年春逃到了洛阳,这年,他在人间应该已经四十八个年头了。在这里,他遇到一位从长安逃难而来的妇女,从而写出了著名的《秦妇吟》。因描写战乱出色,他也因此被称为"秦妇吟秀才",

虽然他还未有功名，不是秀才。唐代的秀才是与进士一样的科目，录取严格，且唐高宗时即已遭废停。秀才实是对读书人的一种泛称。写完此诗后不久，他便离开洛阳，开始了长达十年的江南游历期。

唐代的江南分江南东道和江南西道，与今自湘鄂以东长江流域的相关省份大致相当，通常意义上则指江南东道，主要为今江浙一带。韦庄初到江南应该主要生活在润州与金陵，即今江苏镇江与南京一带，依附浙西（镇海军）节度使周宝。僖宗光启三年（887）镇海军乱，周宝被部将所逐，韦庄又南去越中，再客婺州，即今浙江金华，他的弟弟妹妹也随他一起住到了这里。

在江南的辗转经历使韦庄对江南有了一种特别的情感，而且在这里，他还喜欢上了一位资质艳丽的青楼女子，且已经到了谈婚论嫁的程度（《悼亡姬三首》之三，"试说求婚泪便流"）。而"万里有家留百越，十年无路到三秦"（《投寄旧知》），韦庄心中总有一事萦怀，动乱之后，更"有心重筑太平基"（《长年》）。甚至早在刚逃到江南不久，闻知御驾光启二年（886）春"再幸梁洋"，也就是因李克用等将进逼京师，皇帝逃到了梁州与洋州，即今陕西汉中一带，韦庄便欲前往陈仓迎驾，因泛淮汴，经河北到山西，最后因乱未入潼关而折返。当王朝终于基本安定下来，他的功名之心与返乡之意叠加，让他在僖宗大顺二年（891）辞别了居住约三年的婺州，经衢州而入江西、湖北，并于第二年秋抵京城备考。但不幸的是，虽然换了位皇帝，他的考运还是不佳，在昭宗景福二年（893）再次下第，无奈只有再接再厉，终于在乾宁元年（894）名列进士榜中，释褐为校书郎。这时他已五十九岁。

此后，他在乾宁四年（897）迁左拾遗，光化三年（900）迁补阙，拾遗补阙，沉沦下僚。而此际的唐王朝已然失去了对地方的掌控能力，藩镇割据日益严重。天复元年（901），他受西川节度使王建之聘为掌书记，从此开启了晚年仕蜀生涯。天祐元年（904）唐昭宗被弑，三年后王建称帝，仍用天复年号，次年改元武成（908），迁韦庄为门下侍郎，同平章事。武成三年（910）八月辞世，享年七十有五。

韦庄的早期诗作因庚子（880）之乱而荡然，只有不多一些凭记诵而留存，到天复三年（903）其弟韦蔼为其编定《浣花集》，录诗千余首，而传至今天，则只剩下320余首。韦蔼编定的《浣花集》早已失传，从留存下来的序言来看，未涉及其词。今天见到的韦词乃依《花间集》（收韦词48首）、《尊前集》（5首）、《草堂诗余》（1首）而流传。

《花间集》所收韦庄的词中，有五首《菩萨蛮》，以江南别离饮宴为主题。

《菩萨蛮》，龙榆生《唐宋词格律》称："又名《子夜歌》《重叠金》。唐教坊曲，《宋史·乐志》《尊前集》《金奁集》并入'中吕宫'，《张子野词》作'中吕调'。唐苏鹗《杜阳杂编》：'大中初，女蛮国入贡，危髻金冠，璎珞被体，号"菩萨蛮队"。当时倡优遂制《菩萨蛮曲》，文士亦往往声其词。'（见《词谱》

卷五引）据此，知其调原出外来舞曲，输入在公元847年以后。但开元时人崔令钦所著《教坊记》中已有此曲名，可能这种舞队前后不止一次输入中国。小令四十四字，前后片各两仄韵，两平韵，平仄递转，情调由紧促转低沉，历来名作最多。"

下面就韦庄五首《菩萨蛮》分别试析。

红楼别夜堪惆怅，香灯半卷流苏帐。残月出门时，美人和泪辞。

琵琶金翠羽，弦上黄莺语。劝我早归家，绿窗人似花。

第一首写与一位女子的分别。首韵为两七字句，点明了分别之地点、时间、心情、氛围、环境。转韵聚焦到"出门"相别之时，突出描写女主角在分别的最后一刻的活动。整个下片则都可以看作是上片结句的补足，即美人除了洒泪相别，还弹拨起了镶金翠羽的琵琶。琵琶之声如黄莺间关，似劝出行之人早日回还，因为家里有如花之人等着。

"红楼"，不同于穷苦人家的茅屋、白屋，是比较华丽的房子。能起红楼的，要么为富贵人家，要么是风月坊主。从"红楼"一词，结合"香灯"，转韵的"美人"，以及下片首韵之"琵琶"，都表明这位女子可能是风尘出身。结合韦庄传世诗《悼杨氏妓琴弦》《灵席》《旧居》《悼亡姬三首》诸作，极大可能这位"似花"的女子姓杨，《旧居》有句"故人杨子家"，而《悼杨氏妓琴弦》则更点出其名为琴弦，善弹琵琶，只在人间生活了十八年："魂归寥廓魄归烟，只住人间十八年。昨日施僧裙带上，断肠犹系琵琶弦。"韦庄识杨氏于其金钗之年,他们在一起有六七年的时间,在韦庄考中进士后还求婚成功,纳为姬妾:"六七年来春又秋,也同欢笑也同愁。才闻及第心先喜,试说求婚泪便流。"(参见聂安福《韦庄集笺注》相关诗注)韦庄笔下有位姬人后来还"辛勤自养蚕"(《姬人养蚕》),应该也是这位杨氏。如果这一猜测属实,那么韦庄的这组《菩萨蛮》第一首应该作于大顺二年(891)他离婺赴京应考与所爱女子分别之时。

人人尽说江南好,游人只合江南老。春水碧于天,画船听雨眠。

垆边人似月,皓腕凝霜雪。未老莫还乡,还乡须断肠。

第二首写对江南风光人物的留恋与感慨。人生而有情,在一个地方生活的时间长了,就难免依恋,所以佛家有"三日不宿桑"之说,在一树桑下,尽量住不超三晚,正是为了避免日久生情。而韦庄自乱离京,逃至江南,一辗转间,不觉十年。他游幕于斯,衣食于斯,觅爱于斯,有情于斯,生活于斯。这是人人都说好的江南,这是春来水涨、水碧于天的江南,这是水中有画船可以听雨卧眠的江南,而且在这里,六七年间,美女如月,皓腕凝霜,明媚可爱,当垆洒扫,同欢共愁。对于韦庄这样一个故乡在别处的"游人",因为有了同甘共苦的"垆边人",江南早已超越了旅游的存在,而具有可以终老于斯的第二故乡的意义。故乡与江南,在一种按部就班的寻常日子中,可以江湖相忘。而名未就,功未成,事未竟。故乡有情,有功名,有事业,江南有爱,有生活,有美好。一旦平衡打破,那一份临别的抉择已然令人怅惘，何况回到故乡，物已不是，人也全非。"未老莫还乡，还乡须断肠"，这是已回故乡而肠为之断的过来人语。正因回乡肠断，所以反过来，游子只合老于所游历的江南。

如今却忆江南乐，当时年少春衫薄。骑马倚斜桥，满楼红袖招。

翠屏金屈曲，醉入花丛宿。此度见花枝，白头誓不归。

第三首承上结而涉笔，还乡何以会断肠？因为江南有情有爱有欢乐。所以在既别江南之后，每每回忆起江南。江南佳丽地，当有骑马人倚斜桥而立，便有当时年少，薄着春衫，而满楼红袖，凭望频招。在韦庄的江南，美女如云，乱世众生，则可在其间醉生梦死。而在花丛中，有位玉容如"一枝春雪冻梅花"的女子最让他难忘。他甚至在词《浣溪沙》其三中，诗《春陌二首》之一中，两次使用了这一句。他满怀深情地描写过与一位"花枝"相见的一夜："记得那年花下，深夜，初识谢娘时。水堂西面画帘垂，携手暗相期。"（《荷叶杯》其二）

有注家以为"当时年少"乃韦庄自指，非也。韦庄江南十年已不年少。当时者，正当其时也。当时年少，即正当其时之年少。施蛰存《读韦庄词札记》引韦诗《南邻公子》"南邻公子夜归声，数炬银灯隔竹明。醉凭马鬃扶不起，更邀红袖出门迎"，以为此诗与"骑马倚斜桥，满楼红袖招"同一意境，"想端己于此景此情，印象必深也"。施氏以韦诗释韦词，正得其意。

劝君今夜须沉醉，尊前莫话明朝事。珍重主人心，酒深情亦深。

须愁春漏短，莫诉金杯满。遇酒且呵呵，人生能几何。

这第四首词写人生几何，得欢且欢，极有可能写于韦庄考中进士之后，再度前往江南之时。他有诗《与东吴生相遇》，题注称"及第后出关作"，表明他应该在乾宁元年（894）春高中后便前往江南迎亲，东出潼关，而由潼关再稍往东便是洛阳，结合第五首写"洛阳城里春光好"，似可推测他这次的江南之行应该再次来到了洛阳。而且一路上至少遇到了像东吴生这样"十年身世各如萍"的老朋友，可以"且对一尊开口笑"。"劝君今夜须沉醉，尊前莫话明朝事"，正是与东吴生这样的老朋友把酒相对的口吻。

主人，与客人相对，是做东请客的人，可以是洛阳本地人，也可能是像东吴生这样流落到洛阳暂居的人，甚至也可能是韦庄本人。韦庄逃黄巢之难时曾来到洛阳，据他所写《洛北村居》"十亩松篁百亩田，归来方属大兵年"，洛北，应指洛水北岸，唐徐凝《侍郎宅泛池》诗云"谁知洛北朱门里，便到江南绿水游"，可知洛北多有富贵人家，村居而言归来，且有松篁十亩田地百亩，显然他于洛阳不只是一个逃难客的身份，更是一个归来的主人身份，这也就可以理解为什么他在第五首《菩萨蛮》里说"洛阳才子他乡老"了。

在当时，虽然匪乱已平，而方镇割据之祸又兴，一种乱离之感，长年漂泊之情，使得老友相逢，唯有对酒当歌。今夜有酒今夜且醉，人生能几何，春夜苦短，莫话明朝，谁又知道明天会在哪呢？

洛阳城里春光好，洛阳才子他乡老。柳暗魏王堤，此时心转迷。

桃花春水渌，水上鸳鸯浴。凝恨对残晖，忆君君不知。

第五首焦点从江南忽然改为洛阳，所以一些选本往往会有意不收这一首或后二首，尤其是首韵中的"洛阳才子"，多以为是韦庄自指，但因他生长于鄠杜及下邽，所以于"洛阳"一词，如施蛰存即以为"不宜实解"。而从移居虢州后到咸通初下第，韦庄有二十多年的时间行踪不明。当他逃难到洛阳，除了《洛北村居》表明他在洛北有百亩开外的地产，《河内别村业闲题》透露他在河内（今河南沁阳）也有"门当谷路""地带河声""满溪松竹"的山村别业。而当他逃难，为何选中洛阳？虽然他弟弟韦蔼编《浣花集》于第三卷第一首诗《洛阳吟》下注称"洛中寓居"，似乎撇除了韦庄与洛阳的亲密关系，但《洛北村居》所言"归来"是他亲笔所述，既称"归"，显然他在洛阳曾有过一段经历，而且《浣花集》每卷第一首诗下的注通常也是整卷的一个大致概括，第三卷第一首既称"洛中寓居"，且前若干首诗皆与洛阳相关，第二首《过旧宅》，显然也应指他在洛阳的旧宅，其宅有已废为"卜肆"的"朱槛翠楼"，有零落阶前的"鸳鸯瓦"，庭中所种"仙杏"已沦为"春樵"，甚至还筑有状如彩虹的"蟠蛛桥"，而桥已"苔封"于竹林之中，从中也不难体会韦家当年在洛阳的盛况。只是旧宅已"销歇"。然而他家的地产仍在，所以当他"归来"后，就在洛北乡村依山临水筑石室而居（"岩边石室低临水"）。在此期间，他还以一曲《秦妇吟》名动四方。

至于"才子"，韦庄很早就赢得了才名，"名留域外僧"（《渔塘十六韵》），今《浣花集》卷一还有一首《送日本国僧敬龙归》："扶桑已在渺茫中，家在扶桑东更东。此去与师谁共到，一船明月一帆风。"空秀灵动，极具风华。

因此"洛阳才子"乃韦庄自指应可实解。

当韦庄再次来到洛阳，时间又值春天，"柳暗魏王堤""桃花春水渌"，春光正好，而凝眸看去，"水上鸳鸯浴"，由鸳鸯戏浴不免联想到所爱之人。对于韦庄来说，从中和三年（883）初逃到洛阳，他基本上整个春天都住在那里，偶尔到附近游历。之后往依浙西节度使周宝，时间最早当在这年夏天。从此又"十载游梁"，在他乡逐渐老去，一事无成。到年近花甲才考取功名，而王室已衰，虽有一淳风俗之志，怎奈世乱道崩，人微言轻。他此行的主要目的是到江南迎亲，而当身处魏王堤畔，前尘往事，不免纷至沓来。而由"湖上鸳鸯"，"忆君君不知"，他首先想到的是江南的所爱，还是京城的君王？家与国，应该在他心中都占据着无比的分量。当年"魏王堤畔草如烟，有客伤时独扣舷"（《中渡晚眺》），此际春柳正碧，一样教人心迷。不同的是，当时正值匪乱，君国有忧，而多年以后，他有了相期"携手入长安"的恋人，"凝恨对斜晖"

之际，家的地位便相对凸显。

从整体上看这五首《菩萨蛮》，第一首有绿窗如花美人"劝我早归家"，很明显创作于大顺二年（891）乍离婺州赴京赶考之际。第二首当作于景福二年（893）下第之后，"万里有家留百越""流落空余旧日贫"（《投寄旧知》），长安虽是故里，而家却在江南，致君尧舜是心中念想，而考场无情，空致流落，年华渐老，进退无据，想来"只合江南老"，而"未老莫还乡，还乡须断肠"。

第三首从忆江南之乐起兴，最后说"此度见花枝，白头誓不归"。后结应非现在时态，而是将来时态，或者说是一种虚拟语气，不是说这一次见到了花枝，而是说这一次将去见花枝，要是再相见了，要共白头誓不回乡。这首词的创作时间当在乾宁元年（894）及第起意返江南之后。从"白头誓不归"一语来看，他最初的想法应该是到江南后就此终老，那里毕竟有自己所爱之人，而整个王朝却是一派没落气象，藩镇割据，愈演愈烈。从景福元年（892）冬韦庄赶考初返京城到乾宁元年春考取的近两年时间，朱全忠、李克用、杨行密、王建、李茂贞等各地大员不断用兵，四处攻掠。景福二年（893）十一月，李茂贞进围京师，次年（乾宁元年）正月甚至还带兵入朝。这对韦庄不可能没有影响，因为其中所透露的正是王朝权威的丧失，虽然这一年皇家照旧举办了科考，且韦庄终于榜上有名。而多年来孜孜以求、汲汲从事的最终竟是如此局面，仿佛遥遥走向一棵大树，及到树下，却发现树干已空,行将倒卧。他内心无疑有一种难以言说的幻灭,所以出关东行碰上老友东吴生便情不自禁地感叹"乱来惟觉酒多情",因而要"且对一尊开口笑"(《与东吴生相遇》)。并且长安故里已然"归来父老稀"(《鄠杜旧居二首》之一),一睹之下唯"伤时伤事更伤心"(《长安旧里》),所以打算回到江南便"誓不归"了。当然此后他还是回到了京城,毕竟唐昭宗还是一个试图有所作为的皇帝,而他老早就"有心重筑太平基"(《长年》)。

第四首写于东行途中与老朋友相遇之时,第五首当作于洛阳,也存在第三、第四两首也作于洛阳的可能性,毕竟在王朝时代,稍有学识的人一般多在相对重要的城市里谋生。韦庄作为名诗人、新科进士,到洛阳后与衙门中人相交,便不难碰到老朋友,因而便多饮宴。

韦庄天复元年(901)被西川节度王建聘为掌书记,从此仕蜀,留在西川。他的这组《菩萨蛮》也被不少人认为是作于此际。清代的张惠言编《词选》,选韦庄这组词,以为"盖留蜀寄意之作","一章言奉使之志,本欲速归";第二首则"述蜀人劝勉之辞",并以为"江南即指蜀",因"中原沸乱",所以"还乡须断肠";于第三首则猜测"则此词之作,其在相蜀时乎"。张惠言强调寄托,每喜捕风捉影。他的说法极大地影响了后来的词评家如陈廷焯,陈例举了韦庄的《菩萨蛮》"未老莫还乡,还乡须断肠""凝恨对斜晖,忆君君不知"、《归国遥》"别后只知相愧,泪珠难远寄"、《应天长》"夜夜绿窗风雨，断肠君信否"诸句，以为"皆留蜀后思君之辞。时中原鼎沸，欲归不能"。到后来施蛰存表示怀疑，以为"殆流移江南时怀乡之作"（《读韦庄词札记》），已脱离张说笼罩。华连圃则明确指出："韦相词五首，皆为宠姬而作，非同时也。"（《花间集注》卷二）

华连圃所言庶几近于事实。所谓"宠姬"，出自《词林纪事》所引杨湜《古今词话》："韦庄以才名寓蜀，王建割据，遂羁留之。庄有宠人，资质艳丽，兼善词翰。建闻之，托以教内人为词，强庄夺去。庄追念悒怏，作《小重山》及《空相忆》云：'空相忆，无计得传消息。天上嫦娥人不识，寄书何处觅？新睡觉来无力，不忍把伊书迹。满院落花春寂寂，断肠芳草碧。'情意悽怨，人相传播，盛行于时。姬后闻之，遂不食而卒。"夏承焘先生检《全唐诗》及《韦庄集》，发现韦庄"有《悼亡姬》一首，及《独吟》《悔恨》《虚席》《旧居》四首"，注称"俱悼亡姬作"，尤其《悔恨》诗有句"才闻及第心先喜，试说求婚泪便流"，因此认定悼亡不是在韦庄入蜀后，而是在初及第时。杨湜作为宋朝人，所记苏东坡事都有错误，其记韦庄此事，"尤难征信"（《韦庄年谱》）。夏承焘先生没有提到《悼杨氏妓琴弦》一诗，如结合这一首，则韦庄亡姬为杨氏妓的可能性极大。

而韦庄创作这组《菩萨蛮》时，是在与"宠姬"暂别与相迎的一个时间段，这位姬人正值青春，如花映窗。也正是因为人之美丽，让人体会到情之可贵与生之美好。而情又是多方面的。作为一个读书人，温柔乡只能是一个忘却人间烦恼的暂逃所，韦庄心心念念的还有功名，还有社稷，而要获取功名与扶正社稷，就必须要到京城，即所谓帝乡，而那，也正是他的故乡所在。"凝恨对斜晖，忆君君不知"，这组词，所反映的，正是韦庄在温柔乡、帝乡与故乡间的游移。"未老莫还乡"，一时情之所起，温柔乡无疑占了上风。

而故乡实际上不仅仅是一个空间概念，更是一个时间概念。从空间上，一个人一旦离开他生于斯、长于斯的土地，那片土地就成为他的故乡。而从时间上，当一个人逐渐长大变老，那个以前的空间，就此作故。故乡一词，正是由一个表时间的"故"与一个表空间的"乡"合成。空间上，我们还能重回那片土地，而时间上，我们只能感叹于时间的不可逆。德国天才短命诗人诺瓦利斯曾说，哲学就是怀着永恒的乡愁寻找故乡。子曰"逝者如斯夫"，时光如流水，永恒地流动不居。佛曰"过去心不可得，现在心不可得，未来心不可得"，过去已去，现在一晃也成为过去，而未来尚没来到，便来到，仍然一晃即逝。现实的生活也终将成为记忆中的美好。"未老莫还乡"，田园已芜，故人皆非，便是回到"乡"，也仍是在寻找着"故"，而这"故"，便是那随时迎面而来而又随风而散的美好，随时奔腾而至而又随波而逝的温柔，唯其易散，唯其易逝，遂成为诗人心中永远无法遣去的哀愁。

风里落花谁是主

——读李璟《摊破浣溪沙》

摊破浣溪沙（二首）

/ 李璟 /

其一

手卷真珠上玉钩，依前春恨锁重楼。风里落花谁是主？思悠悠。

青鸟不传云外信，丁香空结雨中愁。回首绿波三楚暮，接天流。

其二

菡萏香销翠叶残，西风愁起绿波间。还与韶光共憔悴，不堪看。

细雨梦回鸡塞远，小楼吹彻玉笙寒。多少泪珠何限恨，倚栏干。

在以自然经济为主的农业社会，土地作为最主要的生产资料，掌握在土地占有者手中，而皇权则通过对军事力量的掌控，从而行使税收权力获取经济上的收益，并在政治上使所控制的领域成为一个整体。在这个领域生活的人，会形成共同的文化，有利于相互间的认同。

但毕竟土地资源是一定的，而人口却不断增长。在土地能够承载人口的阶段，社会稳定，皇权强大，人民安居乐业，政权因而具有向心力，深得拥护。而当人口增长到一定程度，或由于自然灾害，土地产出不足，不少家庭就会陷入贫困，其甚者卖儿卖女，卖田卖地，流离失所。贫困人口的增多成为社会不稳定的因素，稍有风吹草动，即易导致社会动荡。当社会步入动荡，原先的向心力转而成为离心力。那些趁机获得了更多土地、拥有更多资产，并掌握了相应军事力量的人，或者反过来，那些掌握了军事力量，获得了更多土地、拥有更多资产的人，就会不服从皇权的控制，寻机独立，甚至取而代之。（参见埃利亚斯《文明的进程Ⅱ》）

南唐得国于南吴。而南吴也好，南唐也好，都是在唐末动荡中成长起来的割据政权。这些政权的领导人起初只是一些地方军官，凭借在征讨杀伐中的出色表现而逐渐掌控局面，进而自立。南吴的奠基人杨行密出身贫家，年轻时造过反，被抓获后因相貌奇特，为刺史郑棨释放，后来应募为州兵戍边，期满返回，以被安排再次戍边而杀军吏起兵，占据庐州，并逐渐坐大。杨行密一直接受唐王朝的册封，死后唐谥之为吴武忠王。而南唐的创立人李昪也是出身微贱，幼孤。在他六七岁时，杨行密攻破濠州，一见而奇，收为养子，因不能见容于诸亲生子，就让与手下部将徐温，从此改姓徐，名知诰。杨行密死后，其子杨渥为淮南节度使。而杨渥跋扈，行事乖张，不久为左右衙指挥使张颢与徐温合谋所弑。后徐温又谋杀了张颢，拥立杨行密次子杨隆演，从此大权独揽。同样地，徐温的儿子徐知训也因欺负属下，被部将所杀。这就给了他的养子徐知诰以机会，渡江定乱，由此得专南吴政事，并进而在南吴天祚三年（937）受禅称帝，国号大齐，改元升元。两年后徐知诰恢复李姓，改名为昪，且认唐宪宗之子李恪为四世祖，并改国号为唐，也就是著名的南唐。

唐末天下大乱，五代十国，"篡弑相寻"（《新五代史》卷六十一《吴世家》），"五十三年之间，易五姓十三君，而亡国被弑者八，长者不过十余岁，甚者三四岁而亡"（《欧阳文忠公全集》卷五十九《本论》）。南唐在中原以外，自立国后历三帝，前后近四十年，相对安定。而从腥风血雨中登顶的人深知权力之路上的各种危险。这些危险主要来自三个方面：一是手下，甚至包括兄弟子侄，若他们权力过大，一旦尾大不掉，就有被取代的危险；一是邻国力量增强，一旦攻守失衡，就有被灭亡的危险；一是民间压力过载，一旦民不聊生，揭竿而起，就有被推翻的危险。

作为南唐烈祖的李昪对这三个方面都洞若观火，他称帝后即与民休息，雅不欲开疆拓土，以致被手下冯延巳讥为"田舍翁"。他之所以这样做,也有一个不可说破的目的,就是不启战端,则部属就不会借征讨而壮大,从而便不会发生像徐氏取代杨氏而自己取代徐氏这样的事。

但这样做的弊端也很明显,最高权力不肯放任手下权势坐大,便在制度设计上采取限制相权、方镇长官多用文人等措施。他应该深知这样做的后果,就是一旦发生征战,权力牵制过多,运转不开,指挥极易失灵。所以升元七年(943)他临终前交待他的继任者齐王璟说:"德昌宫储戎器金帛七百万,汝守成业,宜善交邻国,以保社稷。"

中主李璟就这样拿到了一手好牌,登上南唐权力之巅,这一年他二十八岁。而据传烈祖更看重的是他神观爽迈的四儿子景达。但长幼有序,要从长子李璟过渡到老四李景达,基本不太可能。实际上李璟音容闲雅,器宇高迈,只是天性宽仁,素昧威武(《江南野史》)。据马令《南唐书》,李璟年方十岁作《新竹诗》,有"栖凤枝梢犹软弱,化龙形状已依稀"之句,人皆奇之。从新竹的形状联想到龙,尽管其形仅只依稀,而作者一种生于贵富、志向远大的胸怀已具雏形。他也雅好学习,曾构筑读书台于庐山瀑布之前。对于权力,从现有的记载来看,他似乎并不热衷。从先主封齐王,他就固辞为王太子,升元三年(939)、四年(940)又固辞为太子。甚至在烈祖为长命乱服金石而猝崩后,面临顾命,也固让不就。马令《南唐书·嗣主书》记载,在他坚辞之际,侍中徐玠"以衮冕被之",并劝责说:"大行付殿下以神器之重,殿下固守小节,非所以遵先旨、崇孝道也。"可以说中主正是在黄袍加身的情形下才就位的。类似的做法由掌握着后周军队的赵匡胤行之于17年之后的陈桥驿。

但竹枝长大虽婆娑摇曳如龙，而毕竟是竹。中主十岁时的吟咏似乎带着一些宿命的成分。他像竹一样清秀通透，如果出生在承平时代的书香人家，必然会是一个优秀的文士。而不幸的是，他必须要化龙，而且是战乱时代的龙。更不幸的是，这条龙处在一个相对安定的环境中，没有经历动荡的考验。所以，当先主在位七年后将摊子交给他时，深知启动战事的危险，史温《钓矶立谈》甚至这样记载："上……将崩，呼元宗登御榻，啮其指至血出，戒之曰：他日北方当有事，勿忘吾言。"先主临终将继位的儿子手指咬至出血，目的无非是让其加深印象。李璟登基后将年号改为保大，也就是保太，意图永保太平。但很快那些易引至不平的事就纷至沓来了。

先是闽王王审知的继承人兄弟子侄互相残杀，王延翰为王延钧所杀，王延钧则为其子王继鹏所害，王继鹏又被部将朱文进等除掉，王延羲获迎立，王延政与之不和，因自立为帝，国号大殷。朱文进不久又杀死王延羲而自称闽主。南唐遣使致书相责，而殷王王延政复书斥唐主夺杨氏之国。这种毫无顾忌直揭大国疮疤的文字引发了中主之震怒，因而发兵招讨，派查文徽为江西安抚使，直扑建州。然而这次出兵却并不顺利，军队行进到盖竹，手下臧循屯兵邵武，为王延政擒斩。保大三年（945）虽攻破建州，活捉了王延政，但诸军无纪律，杀掠不禁。当地人民本来厌乱，于大军之初来，伐木开道迎接，至此失望。关键是中主了解实情后却置而不问，还升了查文徽的官。中主的这种做法至少犯了两个错误。一是不顾民心。征战不能以占领土地为目的，而应照顾土地上生存者的民心民意。民心不稳，则必然动荡。征讨之师而乱肆杀伐，与匪盗无异。二是放任部下。放任的结果可能有二：一是肆意争功，终致功高难制；一是因争功而无端寻衅，导致四境不宁。查文徽滥行杀掠的结果，就是闽王虽被执，而闽地实际上并未真正平定。其后李弘义挟吴越兵据福州，李景遂想罢兵，而查文徽、陈觉等建议"尽取之"，并吹牛"可不用尺兵"而使其来归（《新五代史》卷六十二《南唐世家》），当李弘义不听宣诏，枢密使陈觉"擅发汀、建、抚、信州兵"以攻（陆游《南唐书》卷二《元宗本纪》），最终只落得查文徽中计陷伏。

接着南楚也在楚王马希范死后（后晋开运四年，947）发生混战，马希广、马希萼等五马争槽。保大八年（950）马希萼向南唐称臣，乞师求助，因得以弑君称王。次年遭废，南唐遂发兵征讨，乘机将南楚收归治下。

但是对于打仗，《孙子兵法》在其第一篇《计篇》中强调了道、天、地、将与法五者。而于五者中居首的道，孙子以为乃"令民与上同意也"。在第二篇《作战篇》中，则首先申明了战争对经济的依赖性："凡用兵之法，驰车千驷，革车千乘，带甲十万，千里馈粮，则内外之费，宾客之用，胶漆之材，车甲之奉，日费千金，然后十万之师举矣。"要

五代 / 周文矩 / 重屏会棋图卷（画芯）

打仗，没有军粮兵饷显然难以为继。但钱粮从哪里来呢？《孙子兵法》倒是提供了一个方法："因粮于敌"。从敌对的一方那里获得军资，这种方法显然纯粹以战术上的战胜为目的。南唐的君臣们应该也是这种想法，所以"遣使于长沙，调兵赋，苛征暴敛"（陆游《南唐书》卷十一《冯延巳传》）。但他们显然没有认真体会孙子"令民与上同意"这一句话的含义。这一句话应该反过来理解，即"令上与民同意"。作为君上，要体察民心，政策制定要以民意为基础，才能真正得到拥护。对于南闽与南楚，南唐虽取得了暂时的胜利，但杀掠征敛，军纪废弛，人心离散，不旋踵而两地尽失。

在杨吴及南唐先主时期，中原战乱相寻，而江南相对安定，故士人多来投靠。枝梢栖凤，需要大树有个良好的栖凤环境。任何时代都不乏人才，关键是有没有供人才发挥才能的制度。从这两次用兵不难发现，南唐高层缺乏战略眼光、用人手段以及领土制控举措。像查文徽之杀掠、陈觉之擅权，中主知之而都没有加以问责，这也容易导致人才之间的不正常竞争，为一己功名各出损招，拉帮结派等，势所必然。

也正是由于没有很好利用南闽人心厌乱的机会，也正是由于陈觉等人贪功，导致南唐没能及时控制南闽局势，并从中抽身，从而失去了争竞中原的大好时机。对于想恢复唐高祖、唐太宗之土宇的南唐君主来说，中原才应是目标所在。而在保大五年（947）机会却是不期而然地来了。这一年契丹灭了后晋，特向南唐告捷，并请会盟于境上。多年前从后唐奔杨吴的韩熙载，曾与好友李谷说，如杨吴能用他为相，则必将长驱以定中原，见此良机，上疏中主，以为"陛下有经营天下之志，今其时也"。而在福州的南唐军队诸将争功，终致大败。中主也就只能眼睁睁地看着机会白白流逝，因为不久戎主北归，后汉兵也已入定汴梁。

后汉高祖刘知远在位的时间不到一年，他的儿子继位后也不到三年，其后郭威获拥立，成为后周太祖。郭威及其继任者周世宗柴荣成为中主李璟一生最主要的敌人。郭威倡导节俭，整顿吏治，废除弊政，恢复经济，可以说治国有方。柴荣则进一步整顿军队，建立了一支能征善战的队伍。他在位期间，于显德二年（955）、四年（957）和五年（958），三次御驾亲征，悉平南唐的淮南之地，得州十四、县六十，并迫使中主李璟去掉帝号，只能称"江南国主"。周世宗病逝于显德六年（959）六月。这年十一月，中主建洪州为南都南昌府。次年初，宋太祖赵匡胤兵变陈桥驿，被拥立为帝，改国号为宋，改元建隆。建隆二年（961）二月，中主迁都洪州，立李煜为太子，留守金陵监国。三月行至南都，北望金陵，郁郁不乐。六月疾革，啜蔗浆，嗅藕花，庚申殂于长春殿，享年四十有六。中主的一手好牌终于打得稀烂，而留下的烂摊子就交给了同样不识世务的李后主。

中主虽治国无能，而多才艺，"时时作为歌诗，皆出入风骚"（史温《钓矶立谈》），不过流传至今的只有四首词，分别是《应天长》《望远行》及两首《摊破浣溪沙》。

两首《摊破浣溪沙》见文头所附。另两首词如下：

应天长
一钩初月临妆镜，蝉鬓凤钗慵不整。重帘静，层楼迥，惆怅落花风不定。
柳堤芳草径，梦断辘轳金井。昨夜更阑酒醒，春愁过却病。

望远行
玉砌花光锦绣明，朱扉长日镇长扃。夜寒不去梦难成，炉香烟冷自亭亭。
辽阳月，秣陵砧，不传消息但传情。黄金窗下忽然惊，征人归日二毛生。

宋陈振孙《直斋书录解题》卷二十一称这四首词后主李重光曾加缮写，"墨迹在盱江晁氏，题云'先皇御制歌词'，余尝见之，于麦光纸上作拨镫书，有晁景迂题字"。后两首《摊破浣溪沙》，不同于寻常《浣溪沙》之处在于结句，《浣溪沙》结句为平起平收入韵之七字句（《浣溪沙》词牌介绍见本书《无可奈何花落去》一篇），而《摊破浣溪沙》则在七字句外另加一三字句，七字句仄起仄收，不入韵，而以三字句入韵。所谓"摊破"，便是将一句话摊开，破为两句。摊，意味着字数的增加；而破，则指句子的分破。这一词调也称《山花子》。

这四首词，有三首都以描抹对象开笔，如"一钩初月""玉砌花光""菡萏香销"，只有第一首《摊破浣溪沙》开笔是描写动作：手卷真珠上玉钩，将镜头直接推向人，这个人正手卷真珠帘挂上玉钩。依前春恨锁重楼。承句间接交代了时间地点。有"春恨"，表明应是春天甚或晚春；"重楼"，与前文"真珠"帘及"玉钩"相适配，表明是富贵人家。而"依前"一词，意味着这恨一直存在，即使换了年份，抑或换了地点。一个"锁"字，则突出了两层关系：一是人与环境，以"重楼"映衬人，越发显出人之孤独；一是愁恨与空间，人带着春恨生活在重楼。而人生一世间，不如意事常十之八九，所以多愁，所以有恨。这些愁也好，恨也罢，不是空间能限制得住的，但作者却用一个"锁"字愣生生地将之压缩在了一个空间，虽然这个空间不小，但一种亟待伸张之力也因这种压缩而突显。风里落花谁是主？思悠悠。接下来作者的眼光聚焦到风里落花，这花在重楼中风里飘落，使得这种紧张得到了一种松动，而思绪也随之悠悠扩散。

上片以"思悠悠"结，下片因此就围绕这个"思"字展开。青鸟不传云外信。青鸟，典出《汉武故事》，意指信使。作者之所思，首先是没有信使传信。信而修饰以"云外"，则所思之人远在天外，遥不可及。丁香空结雨中愁。丁香花一般开于晚春，时每多雨，丁香开际，也是群芳落时，且丁香花蕾成簇如结，恰如人之愁绪，郁结难解。回首绿波三楚暮，接天流。三楚，秦汉时分楚地为西楚、东楚与南楚。南唐盛时之国土,恰当三楚之地。远信不来,愁肠空结,回首故国,唯绿波滚滚,遥接天际。

第二首《摊破浣溪沙》写西风乍起之秋景。菡萏香销翠叶残。以秋际最为典型之莲销荷残起兴。虽"销"与"残"两词揭示出一种残酷的现实,但作者所用手法却是一种不动声色的陈述,给人以一种异样的冷静。西风愁起绿波间。如果起句香之销,叶之残,还只是墨色轻匀,那承句一个"愁"字则是浓墨重彩,将人之情感深深置于景中。是什么让李璟忽然感叹香销叶残、西风愁起?似乎不完全是由于前线兵败、国土日蹙,也不完全是由于朝士党争,虽然党争使人难以决断,但宋齐丘一派毕竟表现过分,且被反对一派诉以"乘国危殆,窃怀非望",终使中主下定决心将宋放归九华山。不过随后断供其食物而致宋齐丘自缢而死,李璟心中多少有些歉疚,以至于后来时见宋齐丘等人白日为厉。这些都应该只是引发李璟感慨的原因,但不是最重要的原因。最重要的一点应该是太子弘冀在显德六年(959)八月鸩杀了晋王景遂,而不到一个月太子也因此下世。一个是曾经并可能再次立为皇太弟的亲弟弟,一个是办事果决不太遵法度的亲儿子。亲儿子感到位置受到威胁时竟出此下策谋害了亲弟弟。而前后不到一个月,亲弟也好,亲子也好,都烟消云散。战事失败,朝事失常,家事失和,这时他心中的伤痛可以说是极其难以言表的。还与韶光共憔悴,不堪看。人生的美好忽焉不再,如秋风乍起,昔日池塘芳华香销叶残,而人在其间,不免愁根深种,也如韶光一般，容色憔悴，不堪一看。到"不堪看"，虽只三字，而笔调已沉郁深至，重如磐石矣。

上片已然写到水荡山盘，似已可戛然而收。然作者笔锋一转，细雨梦回鸡塞远，小楼吹彻玉笙寒。细雨梦回，小楼笙吹，将上片之愁绪荡漾开来。鸡塞，或以为在陕西，或以为在蒙古，不必拘泥，此但指穷边极远之所。彻，本是大曲最后之一遍。此处"吹彻"与"梦回"对仗，乃吹遍之义。寒，俞平伯释称"笙以吹久含润，故云寒"，但似乎也完全可以是人听笙之感受。此联与上一首《摊破浣溪沙》联同一格调，异曲同工。远信与远梦，都体现了对远方的思念，而雨愁与笙寒，则体现的是因思念的不获满足而产生的感受。多少泪珠何限恨，倚栏干。在上一首词的下结中，绿波三楚接天流，画面壮阔，适与上片中的"锁"字对举，场景一收一放，极形生动。而此词结句则先承听笙吹寒，将感受深化，再拈出"泪珠"与"恨"，而这泪也好，恨也罢，但逢其时，则为每人心中所蕴，眼内所含，只是又不肯轻抛，唯倚栏杆。

这两首《摊破浣溪沙》应该作于李璟生命的最后时间段。陆游《南唐书·冯延巳传》记载，有一次李璟因曲宴内殿，对冯延巳说："吹皱一池春水，何干卿事？"延巳对曰："安得如陛下小楼玉笙寒之句。"这个故事的最早版本当出自宋代胡仔《苕溪渔隐丛话》所引之宋神宗时杨绘所撰的《时贤本事曲子集》，该书将"吹皱"句记在了"赵公"名下。后来的《古今诗话》则记作是"江南成文幼"。同样的故事在不同的记载里虽事主不一，但应该不全是空穴来风。或者至少如陆游所言，故事发生的时间是在"丧败不支，国几亡"之际，则以周世宗第三次亲征前后的可能性为大。中主的这几首词应该主要也是作于这段时间。且《应天长》中"惆怅落花风不定"与后一首《摊破浣溪沙》之"风里落花谁是主"，同一笔致，写作的时间也应该相隔不远。中主死于宋建隆二年（961）六月，冯延巳逝于前一年（960）五月。结合李冯君臣对话，则描写秋景的"菡萏香销"一词写作时间应该早于这年，而以皇太子鸩杀皇弟之显德六年（959）秋的可能性最大。此后中主内心空落，神思不属，"春愁过却病"（《应天长》）。所以当一向仁厚的中主忽而以调侃而略含责备的语调指向冯延巳时，冯及时拍马从而使之略感舒心。据马令《南唐书》，中主还曾手写两阕《浣溪沙》赐教坊歌手王感化。所记两词次序则是"菡萏香销"一阕在前，而"手卷真珠"一阕在后。后主即位，感化即上献中主手札，后主赏之甚优。这表明李璟自己很喜欢这两首词。而结合词的内容，以及之后后主也以拨镫书慎重写之于麦光纸，表明中主流传下来的四首作品，很可能即或不是全部，也至少有一两首是迁都前后的近作，或者初为后主所见，因而书写以以纪念。但无论是在丧败不支之际，还是迁都之后，总之都不改"国几亡"的现实。

王国维《人间词话》称"南唐中主词'菡萏香销翠叶残，西风愁起绿波间'，大有众芳芜秽、美人迟暮之感。乃古今独赏其'细雨梦回鸡塞远，小楼吹彻玉笙寒'，故知解人正不易得"。俞平伯《读词偶得》以为王氏此言"虽其抑扬或有过当",而却"极有理解"。不同的人对同样的内容有不同的理解,这也正是作品魅力之所在。王国维还称:"'画屏金鹧鸪',飞卿语也,其词品似之。'弦上黄莺语',端己语也,其词品亦似之。正中词品,若欲于其词句中求之,则'和泪试严妆'殆近之欤!"循王国维此论而从中主词句求其词品,则既非王氏所称赏的"菡萏西风"句,也非古今共赏的"细雨小楼"句,也非同样清丽的"青鸟丁香"句,而当是"风里落花谁是主"这一句。这一句,通过"风里落花"这一意象,以及"谁是主"这一设问,将作者内心的零乱,以及现实的摇荡做出了极其形象的表达,从而成为一段历史之诗意的写照。

问君能有几多愁

——读李煜《虞美人》

虞美人

/ 李煜 /

春花秋月何时了?往事知多少。小楼昨夜又东风,故国不堪回首月明中。

雕栏玉砌应犹在,只是朱颜改。问君能有几多愁?恰似一江春水向东流。

"与尔同销万古，问君能有几多。"这是一副集句歇后联，据说出自民国才子易君左之手，前一句摘自李白的《将进酒》，后一句源于李后主的《虞美人》。歇后所歇去的是一个"愁"字。愁字省掉后，句子变短促，反而张力大增，且词性平仄相对，意思恰又密合，真成千古佳构。

词牌《虞美人》，双调五十六字，前后段各四句，两仄韵两平韵交错。《钦定词谱》以为乃唐教坊曲名，并引宋代王灼的《碧鸡漫志》称："《虞美人》旧曲三，其一属中吕调，其一属中吕宫，近世又转入黄钟宫。"到元代，也有注作南吕调的。因为此调正体只有五十六字，所以也有人归之为小令，《乐府雅词》即名之为《虞美人令》。词牌之取名通常多据初创之词所据之本事。王灼《碧鸡漫志》所引之《脞说》以为起名源于项籍的"虞兮"之歌，而王灼自己则以为"后世以此命名可也，曲起于当时，非也"。词牌名往往不固定，像张炎，拿这一曲调赋柳，就称《忆柳曲》，而周紫芝因有名句"只恐怕寒、难近玉壶冰"，就干脆称《玉壶冰》了。当然，就这一词牌而言，最难逾越的，仍是李后主的这一首，所以明初王行写的《虞美人》就称《一江春水》。

下面分韵来欣赏。

春花秋月何时了？往事知多少。

起句凭虚而问，虽极平常，却也极突兀。"春花"与"秋月"，虽在中心词"花"与"月"之前有表示时间的"春"与"秋"修饰，但春与秋各自的时间跨度极长，所以这两个词相当泛指。

南宋 / 夏圭 / 坐看云起图

而在后主,这两词应非泛泛之笔,而是与下文"往事"对应,代表着心目中的一种美好。回首往事,当隔以时间之遥,再多的美好,也都只抽象为春花与秋月,就像旅行者一号在距离地球64亿千米处的回望,当隔以空间之远,那些上演过无数生命悲欢的星球也就只剩下蓝光的一点幽微(卡尔·萨根《暗淡蓝点》*Pale Blue Dot*)。而这些都会无可奈何地完结,且都已不知不觉地了却。

"何时了"?万事万物了却得不知不觉,对于当事者,也自然可引发回望时的万般无奈。而身处其间者,经历的又是怎样的往事呢?

南唐后主李煜无疑是一个生来贵富之人。他生于升元元年七月初七(937年8月15日)。这一年十月,李煜的祖父徐知诰废黜了南吴的皇帝杨溥,自立南唐。升元,便是他刚改的年号。他认唐为宗,两年后遂恢复本姓,改名为李昪,其祖籍是徐州彭城县(今江苏徐州)。李煜出生在江宁府(今江苏南京),原名从嘉,字重光,号钟山隐士、钟峰隐者、白莲居士、莲峰居士等。

据陆游《南唐书·后主本纪》,他是元宗李璟的第六个儿子,美风仪,广颡丰颊骈齿,一目有重瞳。骈齿,就是口腔内牙齿略嫌拥挤,有点龅。重瞳,就是眼中有两个瞳仁。骈齿与重瞳,实际上是牙与眼的某种病态,但在历史上却被解释成为圣人所独有。像帝喾和孔子,有骈齿,而仓颉与舜,则是重瞳。生于皇家,身具异相,却又不是长子,这样的情形迫使他低调。

事实上他的同母长兄李弘冀才是太子人选，且为人严忌。所以他从小可能就被迫，也可能是天性，表现出对学问的喜好，爱读书，喜为文，个性宽仁。

对权力保持距离，抛心力于诗书，时间长了，后果是缺乏独断力，难以有效掌控权力的运作。但腹有诗书，人在读书的过程中气质不知不觉得到了升华。《钓矶立谈》记载有人曾偷画后主真容，"观其广颡隆准，风神洒落，居然有尘外意"。曾慥《类苑》引刘斧《翰府名谈》则称后主"姿貌绝美"。可以说后主身上具备一种书卷充盈的贵族气质，这种气质是军人家庭出身的宋太祖所难以望其项背的，因而宋太祖曾不无嫉妒地说：后主之貌非贵貌，只是一个翰林学士相而已。

这样好古力学的日子一直过到周世宗显德六年（959），这年八月庚辰（9月12日），太子弘冀因元宗有复立皇太弟之意而鸩杀了晋王景遂。这一宫廷剧变、人伦惨剧随后导致了太子李弘冀的去世以及元宗的迁都。而在宋太祖建隆二年（961）迁都洪州（今江西南昌）之际，李煜被立为太子，留金陵监国。不久，元宗崩殂，后主嗣位，年方二十又五。

应该说到此时为止是他人生的第一阶段，这时的他基本上两耳不闻窗外，一心只在读书，整个国家虽时有战况，也只在元宗晚年与后周对抗时才略显弱势。这一阶段他可以说是少年不识愁滋味。

从即位到降宋是第二阶段。

中主继位因为是嫡长子，虽然他并不被其父烈祖李昇看好。后主最初也不在中主眼中,因为排行第六,他的前面有皇太弟李景遂[立于保大五年(947),立皇太子后改封晋王,对后主,乃皇太叔]和皇太子李弘冀[立于后周显德四年(958)],只不过太弟、太子以及其他兄长都因种种原因先后去世。他应该真属于不得已才继位,所谓"徒因伯仲继没,次第推迁"(《即位上宋太祖表》)。继位后他面临的局面是,地处中原的后周已因年方三十四岁的赵匡胤黄袍加身而在前一年被迫禅让从而改朝为宋。赵匡胤出身官宦世家,据《宋史》本纪,其高祖赵朓,做过唐代永清、文安、幽都等多地县令;曾祖赵珽,累官至御史中丞;祖赵敬,做过营、蓟、涿三州刺史;父赵弘殷年轻时极其骁勇,善骑射,累官至检校司徒,受封天水县男,与儿子赵匡胤一同分典禁兵,为一时佳话。赵匡胤虽起于介胄,而雄才大略,知人善任,推诚厚抚。受禅之后,安内兴学,杯酒释藩,设官分职,分权弱相,文武制衡,权力由此牢牢掌握于中央。赵匡胤能力突出,所以受禅之初,"战士不过数万",却能"北御契丹,西捍河东",并"以其余威,开荆楚,包湖湘,卷五岭,吞巴蜀,扫江南,服吴越"(《续资治通鉴长编》卷一百九十四)。

在这一阶段,后主虽已登上南唐权力顶峰,但举目北顾,却不免忧从中来。

在他父亲的时代,列国基本上尚能保持均势,而南唐的实力甚至还要高出一等,做得好的话,混一天下也不是没有可能。但元宗最终辜负了一手好牌。到后主嗣位,南唐虽犹能划江而治，勉力支撑，而大宋的强势崛起已使得卧榻之侧再难容他人酣睡。实际上后主并非平庸或无能之辈，要是在一个承平的时代如赵匡胤所言做一个翰林学士，他定能凭自己的生花妙笔为时代锦上添花。不幸的是，当他接手就局，便认识到已然无力回天，所以即位不久就向宋太祖上表称臣，并"贡金器二千两，银器二万两，纱罗缯彩三万匹"。这还不算，中主在世时虽打不赢周世宗，只是自去帝号，在两国外交上好歹还能被称为国主，而入宋后，宋对南唐已降格到使用诏书，后主接待宋使，也要改黄袍为紫袍。除了每年贡献金银绫罗，还时不时地就会传出大宋朝廷出师克捷之喜。后主每于此际，或对于宋有嘉庆之事，都不自觉地遣使犒师修贡。乾德元年（963）宋灭南平（又称荆南、北楚，都荆州，辖荆、归、峡三州），乾德三年（965）灭后蜀，开宝四年（971）灭南汉（都番禺，拥有今两广与海南）。这三个地方一旦被扫平，南唐在西边与南边的屏障以及倚靠就不复存在。南汉被灭后，后主感受到了压顶之危，立即向宋太祖上表，自动削去南唐国号，只称江南国主。但宋燎原之势已成，开宝八年（975）宋又得吴越王钱俶之助，会师金陵。后主虽坚持抵抗，终究不敌，到十一月二十七日，城破出降。这一年他三十九岁。

　　在刚即位的头几年，李后主虽不得已向宋北面称臣，但毕竟新登大宝，且有十八岁迎娶的美貌的大周后相伴，二十二岁时曾喜添长子，即位之年又再得次子，所以这一时期基本上是他第一阶段的延续。流传下来的他这一时期的诗词充满

着欢欣,且特别善于铺叙以及细节描写。比如《玉楼春》:

> 晚妆初了明肌雪,春殿嫔娥鱼贯列。笙箫吹断水云间,重按霓裳歌遍彻。
> 临风谁更飘香屑,醉拍阑干情味切。归时休放烛花红,待踏马蹄清夜月。

《霓裳羽衣曲》本是唐人法曲,散序六遍,中序十二遍。遍即变,古乐一成为变,一遍也称一叠。(王国维《唐宋大曲考》)该曲安史乱后世所罕闻,到南唐时谱为后主所得。大周后名娥皇,妙善音律,为之变易讹谬,去其哇淫,从而繁手新音,清越可听。(马令《南唐书》卷六《女宪传》)除了改定此曲,大周后还作过《邀醉舞破》《恨来迟破》,而且她工琵琶,善歌舞,通书史,解弈棋,甚至还精通魔术戏法之类的彩戏。大周后无疑是李后主在虎狼环伺的丛林中的一个极大安慰。但好景不长,生命中的不幸总会以一种宿命的方式等在命运的旅途中。他们的眉目如画、聪明伶俐的第二个儿子年方四岁,极得大周后钟爱,一日在佛像前玩耍,不意跑来一猫,将像旁大琉璃灯碰倒,从而受到惊吓,竟致得疾而卒。周后本略有小恙,不期因此而哀痛不起。据记载,后主在周后病重的日子,朝夕视食,衣不解带,药必亲尝,在周后辞世后,哀苦骨立,杖而后起(马令《南唐书》卷六《女宪传》),悼息痛伤,为之悲哽几躃绝者数四(释文莹《玉壶清话》卷十),

甚至自称"鳏夫煜"（本文关于后主生平，主要参考夏承焘《唐宋词人年谱》）。

"壮岁失婵娟"（《书灵筵手巾》），他的伤心无疑是真实的。大周后是在他即位三年（宋乾德二年，964）后的十一月初二去世的，随后瑶光殿梅花开放，后主会联想到当时移栽"共约重芳"，而此际却"失却烟花主"（《梅花》）；看到"桐花发旧枝"，也会"凭阑惆怅"，"不觉潸然"（《感怀》）。但一个令人唏嘘的事实是，他在大周后生病之际与她的妹妹好上了。

> 晚妆初过，沉檀轻注些儿个。向人微露丁香颗，一曲清歌，暂引樱桃破。
> 罗袖裛残殷色可，杯深旋被香醪涴。绣床斜凭娇无那，烂嚼红茸，笑向檀郎唾。

这首《一斛珠》描抹细腻，画面生动，有人以为乃是描写婚后不久的大周后，但这般无所顾忌的行欢与其说是一个王爷在邸的放纵，不如说是登顶后的皇帝面对高压时的一种无奈释放。他描写的可能是一位歌女，更可能就是娇俏可人的娥皇的妹妹。虽然他已贵为一国之君，但在一个危机四伏的幽暗丛林，谁能拒绝那些不期而遇的温暖与光亮呢？"眼色暗相钩，秋波横欲流"，最能令人暂时忘却那些潜在恐惧的可能就是来自异性的温柔。而后主的笔触在描写他们的相见时随便抓取几个细节就将天才展露无遗。写小周后的几首《菩萨蛮》就是如此。其一如下：

> 花明月暗笼轻雾，今宵好向郎边去。刬袜步香阶，手提金缕鞋。
> 画堂南畔见，一向偎人颤。奴为出来难，教君恣意怜。

但"宴罢又成空，魂迷春梦中"，即使是大小周后以及诸多后宫美女的陪伴，也难耐北宋日渐现实的威胁。后主开始有意无意地接近佛门，普度郡僧，原贷囚徒，有时也怀念大周后，而这种怀念仿佛很自然地就滑向了逃世："永念难消释，孤怀痛自嗟。……空王应念我，穷子正迷家。"（《悼诗》）

金陵城破之后的日子，是他人生的第三阶段。他被北宋大将曹彬俘虏而于开宝九年（976）正月北献汴京，受封违命侯。宋太祖赵匡胤相对来说还算具有一定的君子气质，对待降王基本上还能保全体面。不幸的是，不到一年，斧声灯影，赵匡胤年方五十不病而亡，其弟赵光义继位，是为宋太宗。他甚至不按新皇上台换年改元的惯例，一两个月的时间都不能坚持就匆匆换了年号。在新皇帝治下，后主虽由违命侯而改封陇西公，然前后不足两整年，就在生日当天被鸩以牵机药，终年四十二岁。所谓牵机药，得名于服之者腹痛而不断抽搐，致头足相就如牵机之形。

小楼昨夜又东风，故国不堪回首月明中。

上拍的"了"字实际上可包含两个时态：一个是完成时，表示事情已结束；一个是将来时，与表疑问的"何时"相配，询问的是将来的一种可能性。在后主，那些人间的美好已然远去，固然让人哀伤，而那些与美好相关联的自然事物却又不以人的意志为转移，年年岁岁，还是会不期而然降临人间。明月春风小楼夜，如果还如往常，这本该是又一个良辰美景，但时已非昨，人已成囚，辰之良、景之美更让人觉得情之不堪，仿佛"罪孽未了，苦痛未尽，仍须偷息人间，历尽磨折"（唐圭璋《唐宋词简释》）。所以此韵承上拍而着一个"又"字，揭示出人间事了犹未了。

在生命最后不到两年的时光，后主"梦里不知身是客"（《浪淘沙令·帘外雨潺潺》），寄人篱下，动辄得咎。国破的屈辱，行动的受限，那些过往的风华已成一现的昙花，而生活却还得持续，只是原来寻常的雨丝风片多只经耳过眼，而今却动辄入心动情，"风威侵病骨，雨气咽愁肠"（《病中感怀》）。最后的时光使他的心灵更加易感，他的传世之作很多也是在此间问世。这首《虞美人》便是作于他生命最后的时段。

据王铚《默记》："徐铉归朝，为左散骑常侍，迁给事中。太宗一日问'曾见李煜否'，铉对以'臣安敢私见之'。上曰：'卿第往，但言朕令卿往相见可矣。'铉遂径往其居，望门下马，但一老卒守门。徐言：'愿见太尉。'卒言：'有旨不得与外人接，岂可见也？'铉云：'我乃奉旨来见。'老吏往报。

徐入立庭下。久之,老卒遂入,取旧椅子相对。铉遥望见,谓卒曰:'但正衙一椅足矣。'项间,李主纱帽道服而出。铉方拜,而李主遽下阶引其手以上。铉告辞宾主之礼。主曰:'今日岂有此礼?'徐引椅少偏,乃敢坐。后主相持大哭。乃坐,默不言。忽长吁叹曰:'当时悔杀了潘佑、李平。'铉既去,乃有旨再对,询后主何言。铉不敢隐。遂有秦王赐牵机药之事。"曾经的御殿朝堂,灯火燏煌,到如今门可罗雀,唯一老卒守门,这般被软禁的日子不免使得后主心生不满,尤其是忽而见到一位昔日的老臣。

但一时冲动,口不择言,也不会没有后果。尤其是在七夕这一天,后主生日,在所赐府第命故妓作乐,也就是请旧戏班子唱戏,可能声音吵闹了些,更由于在席上传唱了这首《虞美人》,其中像"小楼昨夜又东风"及"一江春水向东流"这样的句子,容易感发旧臣之心,宋太宗听闻后大怒,两事并坐,就有了秦王赐药之事,迁延至次日而死。秦王是宋太宗之弟赵廷美,不过,他是他在太宗即位之初获封的是齐王,到太平兴国四年(979)北征北汉,才晋封秦王。而后主死于他封秦王前一年。然野史所记,虽多属捕风捉影,而李后主死于生日则不免过巧合。

"小楼昨夜又东风",相较于起拍叙述之普泛,这第二拍开始聚焦。地点是小楼,当是后主在汴京的住地,时间是昨夜,而吹拂的是东风,这就意味着这夜是春夜。后主在汴京过了两个春天,这首词中的东风,应该是他感受到的最后一个春天的吹拂。东风又至,明月升空,而山河早改,回首前尘,但觉情有不堪。

雕栏玉砌应犹在,只是朱颜改。

小楼是汴京的小楼,而栏砌是故国金陵的栏砌。

从第一拍的春花秋月,到第二拍的春夜小楼,到第三拍的雕栏玉砌,所描写的对象越来越具体,但不经意间,作者的笔触也已几经转换。前三拍,每拍的起句都较实,而承句相对虚灵,转折正是通过这种虚灵来达成。第一拍中的"往事"一词是转折的关键,该词上承"春花秋月"之泛在,下启"楼夜东风"之此在,并与"故国"一词呼应,再转入到下起中"雕栏玉砌"之彼在。就像书法中的行草,每一转折都如行云流水,也前后照应,笔法讲究。

而泛在也好,此在也好,彼在也好,人间的一切美好都是留不住的。栏纵是雕就,砌纵是玉凿,就像人,青春必然让位于老迈,朱颜最终也必然凋逝。王闿运以为"朱颜本是山河,因归宋不敢言耳",并进一步道:"若直说山河改,反又浅也。"(《湘绮楼词选》)王湘绮"朱颜本山河"之说嫌附会,前韵中"故国"都说过了,就无所谓山河不山河。但他所指用"山河"意浅,也就是用"朱颜"更值品味,则颇有见地。

春花秋月,是时令上的美好;楼夜东风,是体感上的美好;雕栏玉砌,则是具体事物上的美好。春花秋月、楼夜东风可以人所共有,而那雕栏玉砌,则是曾经所独有。一旦独有的事物换作人有,其间的不得已就难以为外人道了。有谁能轻易放下呢？

一个"在"字，满含的是希冀，而一个"改"字，饱蘸的是哀伤。

问君能有几多愁？恰似一江春水向东流。

愁，大概是人生天地间最不愿意拥有的一种情感，而一旦对人生稍有感悟，却又不请自来，遣之不去。据《说文解字》，愁之义为忧。忧，本作惪，从页从心，与愁互训。徐锴以为形于颜面，故从页。页者，头也。也就是说，这是一个会意字。一个人心中有了忧愁，就必然会在脸上显露出来。后来又加上表示行走的"夂"字，就成为繁体"憂"字，今简作"忧"。实际上，《说文》也收有简体"忧"字，释为"不动"。而南朝梁际顾野王《玉篇》则释为"心动"。虽然"憂""忧"为两字，而循声求义，亦古人释字之法。两者结合，似可更好地体会"愁"的意思。人生一世，忧愁时时来袭，身被其苦者，鲜有不心动神疲。其唯一不动之处，乃在遣之无效。

那些生不带来、死不带去的愁又是从何而生的呢？

眼耳鼻舌身意，人生而自备六根。六根是佛家的概念，与之对应的有六尘与六识。眼之功能在视，耳之功能在听，鼻则为嗅，舌主味觉，眼耳鼻舌依止于身，而凡有所触，身体皆感而能识，而于眼耳鼻舌身五者，凡有好恶，皆由意来分辨。视听嗅味触意，就是六识。识的对象，就是六尘，具体而言就是色声香味触法。六根因六尘而生六识，六识又以意根所生之意识为通依。

孟子说："口之于味也，有同嗜焉；耳之于声也，有同听焉；目之于色也，有同美焉。"孟子是儒家，他拈出六根中的口耳目三者来说事，这些人所共有的器官虽长在各自的身上，各有自己独特的感受，但就其功能而言也有一些共同的地方，口思美味，耳耽美声，目欲美色，也就是说，人对于美好事物的追求基本上决定于人的官能，以至于每每欲罢不能，走向极端。这一点道家的老子看得最清，他在《道德经》中说："五色令人目盲，五音令人耳聋，五味令人口爽，驰骋田猎令人心发狂，难得之货令人行妨。"前三者拈出的也是眼耳舌。人在这三方面的追求一旦过分，就会失去辨色、听音及品味的能力。后二者，驰骋田猎，说的是行，指贪图享受；难得之货，则指占有欲。无论是享受的过分，还是对稀有物品占有欲的强烈，都会使人失去本来，甚至行为颠倒错乱。

老子告诫的是不能过分放纵自己。但食色性也，对饮食与异性的向往是人的本性。人活着必须依赖于饮食，而个体生命是有时间限制的，为使生命延续，基因会推动人钟情于异性。据研究，基因本身是自私的，它不断地寻求复制，以寻求生存与扩张（理查德·道金斯《自私的基因》），人类的基因也不例外。人类生活在一个生存资源有限且时间单向度的世界中，这种情形决定了竞争不可避免，人们会想方设法占有更多的资源，乃至更好的资源。但即便金山在握，美色如云，也难免年华老大。良辰美景稍纵即逝，刚刚还是花红柳绿，一转眼便是万象苍茫。

作为一个生存竞争中的失败者，那些曾经令人快意的绝色、佳声、妙香、美酒、华服，而今都让位于失意。愁，正是来自欲界众生眼耳鼻舌身意的无法满足，稍遇不顺与挫折，便愁绪横生，愁肠百结。佛家以为人生八苦，生老病死之外还有爱别离、怨憎会、求不得与五阴炽盛。求而不得固苦，相较于得而复失，尤其是得到后被迫失去，后者造成的打击要更加强烈。得而复失，实际上也就是爱别离。人也好，物也好，喜欢的得不到，得到后又最终失去，已然令人烦恼，更让人不堪的是，那些不喜欢的，像是敌人，像是冤家，像是坏运，像是那些恶劣的物事，却偏偏要不请自来，甚至天天相对，遣之无方。

后主最后的两年时光就不得不每天面对他生命中无法战胜的对手，不得不屈辱地默受一切。"问君能有几多愁？"这一问仿佛是在问人，实则是在问己，也是为心中多年来所积累的忧伤寻找一个发泄的口子，而这个口子一旦打开，却再难止住，"恰似一江春水向东流"。

这最后一韵直抒胸臆，造语朴实而又雄丽，仿佛隶书中的偏旁走之，前三韵都只是捺上的点与弯折，后韵的一问，也只是这一捺中的蚕头，后结才是力道沉雄的出锋，渐行渐放，一放不收，直如燕尾，姿俊力道。俞平伯说："盖诗词之作，曲折似难而不难，惟直为难。直者何？奔放之谓也。直不难，奔放亦不难，难在于无尽"，"无尽之奔放，可谓难矣"，"意竭于言则有尽，情深于词则无尽"。（俞平伯《读词偶得》，陈书良、刘娟《南唐二主词笺注》）要用言语表达出无尽奔放之意，俞氏注意到了其中最必备的条件，即情，且情须深，但古往今来，世间情深之士多似繁星，并不是每个人出语都能这般汪洋奔放。

后主此句之所以能形成一种"无尽"的效果，与其句法也有相当的关系。这一韵的句法以动宾结构为核心，然后宾语转作主语又带出谓语与宾语，如此连续不已。问君，动宾结构，君有愁，君从前面的宾语转为此处的主语，然后在上句里作宾语的愁，又在下句里作隐含的主语，愁似水，最后是水流，水又完成了从宾语到主语的转换，并最后收在一个动词上。整韵形成一个"动宾（主）动宾（主）动宾（主）动"的相对规则的连环结构，自具律动，不绝如缕，且通过"能""几多""恰""一江春""向东"等词语的添加来增强振幅。

近人王国维著《人间词话》，对李后主独具只眼，以为"词至李后主而眼界始大，感慨遂深，遂变伶工之词而为士大夫之词"。在此之前士大夫也作词，但如温飞卿之词，其秀在句，韦端己之词，其秀也只在骨，只有李后主重光，其秀乃在神。这种丰神之秀与真情相关。在王国维看来，只有那些不失其赤子之心的人，才可配得上词人这一称呼。李后主"生于深宫之中，长于妇人之手"，于人世几无所阅历，所以他是那种单纯、深具真情、善于自我观照的诗人，尤其当遭逢国变，其词"真所谓以血书者也"。王国维甚至以为"后主俨有释迦、基督担荷人类罪恶之意"。

这种"担荷罪恶"之说也许稍过，但李后主确实如王氏所言不失赤子之心，其词能感人，一个重要的原因是作者性情之真与用情之深。但李后主词之所以能得王氏"神秀"赏评，还有一个与其性情相关联却一直未被提及的原因，即他所独具的贵族气质。这种气质内敛而神光充溢，在平和的时候，与人为善，体察入微，即使遭遇不幸，也能如叶嘉莹所谓对悲伤痛苦作全身心的体验（《唐宋名家词赏析》）。支撑这种体验的，一是内心所独蕴的一种人间美好，一是对佛经的体味。这种贵族气质，除了家庭出身，也得益于他本人的嗜古积学。家庭出身使他在色声香味触的感受上都能获得一种相对极致的经历，而嗜古积学则使他除了贵，还培养出了高的精神。他的高贵无疑使得宋太祖见了也不免以自大掩饰自惭。陈师道《后山诗话》记载宋师围金陵时，徐铉欲凭口舌解围，盛称后主之能。宋太祖让徐诵后主之诗而大笑，并说自己还未发达时曾自秦中归，经华山，醉卧田间，醒时月出而得句："未离海底千山黑，才到天中万国明。"此句气魄宏大，徐铉一听即惊服。但这种句子体现的是典型的穷措大的自恋，无论其人日后发达不发达，只语言所体现的此际，便充满着内心无法填充的欲望。所以他一辈子所做的，就是不断地征战，以让自己像日月一样升到中天。后主则心存仁善，不失赤子之心，所以时时能体味美好，即使在最艰难的时刻，烦恼万涂相侵之时，也能向佛门探寻真谛，以坚道情。（《病中书事》：病身坚固道情深，……赖问空门知气味，不然烦恼万涂侵。）

他在最艰难时所写的句子"寂寞梧桐深院锁清秋"（《相见欢·无言独上高楼》）、"晚凉天净月华开"（《浪淘沙·往事只堪哀》。对照赵匡胤之句，不难发现后主内心之纯净）、"笛在月明楼"（《望江南》），或则营造美，或则回想美，即使内心的哀伤充溢到匝地，也能保持一种高贵，一种天人之姿。即便是此词，由普泛到此在，由此在到彼在，念念不忘的，仍然是一种曾经拥有的美好，这种美好因细节的描绘而具体，因心中的想望而抽象，它由心而生，与愁相伴，与人类的高贵相依存，与人间的苦难相始终。

今宵酒醒何处

—— 读柳永《雨霖铃》

雨霖铃

/ 柳永 /

寒蝉凄切。对长亭晚，骤雨初歇。都门帐饮无绪，留恋处，兰舟催发。执手相看泪眼，竟无语凝噎。念去去、千里烟波，暮霭沉沉楚天阔。

多情自古伤离别。更那堪、冷落清秋节！今宵酒醒何处？杨柳岸、晓风残月。此去经年，应是良辰好景虚设。便纵有、千种风情，更与何人说？

一个人会写字并不一定就是书法家，同理，一个人会写诗并不意味着就是诗人。会写字是成为书法家的必要条件，但还不充分。一个人不仅要会写字，还要写得有特色，能体现性情，乃至性灵，才可称得上是书法家。诗人也一样。会写诗是必要条件。而只有那些写出性情、体现人心、展露性灵的人才是真诗人。如果这一标准成立，并以之衡量柳永，可以说，柳永长时间里只是一个善于填词之人，而只有当他写出《雨霖铃》，才完成了向诗人的转变。当然这里所说的诗，显然包含了词，或者说词人是诗人的一个重要组成。

　　柳永是一个史上声名显著却正史无传的人，他主要存在于野史传说之中，并靠一部《乐章集》名垂艺林。他的相关信息千余年后已相当模糊，只知道他大约在宋太宗雍熙初年（984）（本文关于柳氏生平主要据刘天文《柳永年谱稿》）出生于福建崇安一个官宦之家，原名三变，字景庄，后改名永，字耆卿，家族中排行第七，故也人称柳七。柳永流传下来的诗中有一首《题中峰寺》，寺在他家乡附近，所以他少年时代有一小段时间应该是在崇安老家度过的。诗为七律，叙事、状景与抒情皆运用自如，显示出良好的教育修养。他在少年时就对诗词抱有浓厚的兴趣，且善于琢磨。据《词林纪事》，他"少读书时，以无名氏《眉峰碧》词题壁"。一首不知作者的词，他读了觉得好，就写到墙壁上，得空就揣摩体会，而后终于从中悟得作词章法。这首词全词如下：

>　　蹙破眉峰碧。纤手还重执。镇日相看未足时，忍便使、鸳鸯只！
>　　薄暮投村驿。风雨愁通夕。窗外芭蕉窗里人，分明叶上心头滴。

上片叙事，描写离别之际恋人皱眉执手相看，下片写景，投宿薄暮，听雨蕉窗。而在叙事写景之际也不忘抒情，尤其下结，以自然之事连类而顺及于人，从而使情景交融。这种写作手法的掌握，加上他良好的教育背景，使他在家乡的科考中顺风顺水，因而春风得意，前往转试礼部。但当他经停杭州时，不知是何原因，竟然一停经年，其间约于咸平六年（1003）创作了《望海潮》。据说他想见当时的钱塘守孙何，就托一个叫楚楚的名妓在府会中演唱此调，果然引来孙帅动问，而此词也由此传播开来。后来传到金国，金主完颜亮见后甚至兴起投鞭渡江之志。《望海潮》铺叙大气而针线绵密，从"东南形胜，三吴都会"开笔，起笔宏阔，渐至画桥人家、市井湖面，具体而微，笔触细腻，铺叙从容，简要不烦。尤其是当时花间流行，词尚婉约，多小令，注重以女性口吻说事言情。而他的《望海潮》为长调，语词清俊，且为普通人视角，从而一扫浮靡。此调的流传为他赢得了广泛的声誉，但他却并未像普通读书人那样乘势直捣黄龙，考取功名，反而流连温柔，在杭苏一带放浪数年。

这表明他性格中有一种过于随性的特质，缺少克制，易沉溺于人事而难以跳出。当他走走停停到达汴京，已是大中祥符初年（1008）。次年宋真宗对于"读非圣之书，及属辞浮靡者，皆严谴之"（《宋史》卷七《真宗本纪》），他在温柔乡里创作的词看起来如似锦繁花，但显然属于"属辞浮靡"一路，因而大中祥符二年（1009）他第一次考进士落选了。这对于文名鼎盛、自信满满的他无疑太过意外，"黄金榜上，偶失龙头望"，他特地填了一阕《鹤冲天》，这个调名就意味着，不是我无能，而是"明代暂遗贤"，是圣明朝代贤有所遗，一遇机会，自己自会如鹤一飞冲天。他宽慰自己，"才子词人，自是白衣卿相"。而他自我宽慰的方式却是于"烟花巷陌"寻访"意中人"，"且恁偎红倚翠"，以为"青春都一饷"，要畅平生风流，"忍把浮名，换了浅斟低唱"。

儒家孟子早就说过，一个能当大任的人，必是一个在逆境中善于动心忍性之人。柳永作为一个读书人，显然于儒家经典未能充分涵泳体会。要知道《论语》开篇即称"学而时习之"，表明学着修身是一个需要时时练习的过程，得知晓"造次必于是，颠沛必于是"。而柳永稍遇挫折就如此负气，且形于词章，这就不免终授人以柄了。

对于科考，他总觉得凭自己的才华当如探囊取物，而上天却似故意要给他机会苦其心志。在真宗朝，他接连三次不中。即使换了仁宗继位，他的运气也没能因之变好。他之登进士第要到景祐元年（1034）仁宗亲政特开恩科方才得遂，而这时他应该已是五十岁左右,在宋代,无疑已步入老境了。

传说在这之前,已有人向皇帝推荐过他。当皇帝确认是填词的柳三变时,只是说"且去填词"。他由此更加放纵,流连娼楼酒馆间,无复检约,并自称"奉旨填词柳三变"(胡仔《苕溪渔隐丛话·后集》引《艺苑雌黄》)。另一传说是他考取了,临放榜时仁宗皇帝看到他的名字,想起他那首著名的《鹤冲天》,特落其名,说:"且去浅斟低唱,何要浮名?"(吴曾《能改斋漫录》)传说虽不一定恰合事实,但也应非毫无根据。所以后来他将三变之名改为永,才得以在晚年开始仕途,但也只在基层小官中迁转,并最终以屯田员外郎致仕。

这首《雨霖铃》正是他在宋仁宗天圣二年(1024)第四次落第后所作。

寒蝉凄切。对长亭晚,骤雨初歇。都门帐饮无绪,留恋处,兰舟催发。起首三韵交代时间、地点、人事,简明而从容,情绪暗含不发。尤其起拍一句,以作用于听觉之凄切蝉声切入,极突兀,并间接点明时间,表明乃在秋天。接着一拍则点明地点,并进一步补足时间。原来是在秋晚,是在一处长亭,且是在雨后。第三韵首句都门进一步指明地点,帐饮交代事件,无绪表明情绪,第二、三句则补足帐饮且无绪之原因,原来是因分别而不舍。

眼耳鼻舌身意,人类感受世界的六大官能,即佛家所谓六根,最易因色声香味触法六尘而产生见闻嗅味触知等了别作用,即所谓六识。眼与耳更是排在数一数二的位置。而在一个分别的场合，因心情不佳，往往视若无睹。但在一种相对的寂静中，一种突然出现的声音，比如蝉声，就显得格外引人侧耳。前三拍以耳之所闻起，以眼之所见续，并以意之所知继。

起首三拍，无论是交代时间，还是地点，还是事件，都非常注重呼应。都门长亭秋晚，意味着很可能是秋闱过后，作者又一次落榜，而生活的重压迫使他不得不离开京城谋生。蝉声何以听来凄切？何以无绪？不是因为秋寒，也不是因为下过雨，乃在于别离的时刻到了。长亭，秦汉设邮驿，三十里一传，十里一亭。十里一长亭，五里一短亭。亭是供驿马及行人休息用的，也往往成为分别时的最佳地点选择。帐饮，设帐而饮。简单一点的话，执手话别，有亭子即可。而为了慎重其事，特设帐帷，也表明情之难舍。兰舟，也就是用木兰造的船，木兰不必实指，知道乃船之美称，指船即可。而一个"催"字，顿将情绪引燃。

执手相看泪眼，竟无语凝噎。引燃的结果就是情感的爆发。恋人相别，执手相看，唯见泪眼，而情难排遣，竟至凝噎不语。这一拍也照应到了前一拍所言之"无绪"。这种语言上的勾连似乎也对应着一种情感上的牵扯，有一种不吐不快，一唱三叹，却又欲说还休的感觉。

所以下一拍，作者干脆就将目光转向即将沿之而去的长河。念去去、千里烟波，暮霭沉沉楚天阔。即将沿河远去，且一去千里。暮霭沉沉，楚天辽阔。

清／蓝瑛／秋山行旅图

多情自古伤离别。更那堪、冷落清秋节！有了上面的情景及情绪铺垫，很容易就过渡到了下片。能说些什么呢？南朝的江淹早就说过了，"黯然销魂者，唯别而已矣"。伤离别，这句话无疑放之离别而皆准。自古以来，只要多情，谁不为离别而神伤？况且是在渐已霜风酸鼻的清冷的重阳时节。

今宵酒醒何处？杨柳岸、晓风残月。一问一答。一问问得虚灵而具体，一答答得具体而虚灵。留的留，走的走。而一旦就此别过，等到那因别而醉的酒醒来，那就是另一个时空。而"杨柳岸、晓风残月"这一拍作为对醒后世界的悬想，因其飘扬的诗意而令千载中人都能感受到诗人不世的才情。

此去经年，应是良辰好景虚设。便纵有、千种风情，更与何人说？生别离是人生八苦之一。在交通不发达的古代，生离常常意味着死别。对于有情的人，别后便是各自的人生。辰之良，景之好，没有一定之标准。与有情人共守，你能特别意识到的任何时辰都是良辰，任何风景都是好景。以与这类似的时间与景色去看独行者，那些可能的良辰与好景实际上因意中人的不在场从而都是虚设，都没有意义。与有情人共守，良辰好景可生快乐之情，风情摇曳。而当有情人不在，那瞬间所能感受到的美好因无人与共而尽成感伤。这两拍中，"良辰好景"是时光与风景的抽象，与上一拍"杨柳岸、晓风残月"作为具象的辰景相呼应。而"千种风情"，又是良辰好景的进一步延伸。同时，"更与何人说"，这一设问也照应着上拍的"虚设"。可以看出，这种铺叙上的呼应贯穿全词，如行云流水，针线钩连，绵密无痕。

《雨霖铃》为唐教坊曲，据传是唐明皇幸蜀到斜谷时遇霖雨经旬，栈道中闻铃声，因思念杨妃而采声以寄恨，并让梨园弟子张野狐以筚篥吹之，遂传于世。因长达一百零三字，调哀怨凄缓，属慢词，故《碧鸡漫志》也称之《雨淋铃慢》。上下两片，各五仄韵。例用入声韵。

柳永此调上片重铺叙，主要写景，而间之以情，以声切入，而以视继出。其间场面，先以长亭，已然具体，继以都门外之帐，便具体而微。其间人物，先以饮酒无绪，继以执手而泪而凝噎，看看已然写到极细处，而眼光一转，笔锋一荡，长水高天便突现眼前。下片重议论，善设譬，虚而实，实而虚，虚实相间，围绕一个别字做尽文章。下片起句为泛言，第二韵指明节候，从大的方面提及时间，第三韵则聚焦到酒醒之时，接着再推远到经年之长，笔法之灵活，真令人叹为观止。而当我们顺着作者突然感受到的那声凄切的寒蝉而诵读，一句一句，恰如长河波浪，波波相生相续不止，唯顺波而下，并在这种顺流中体会到作者隐藏的感情在其间暗欲滔天。

古人所称的三不朽之一为立言。诗人是那些有诗词流传后世的人，都无疑具有相当的才华。不过不同的诗人展现才华的方式还是很不一样的。比如李白，其诗以气势胜，其才华配以气势，真正当得起才气一词。正因内心有一股浩荡之气，李白虽不免任才使性，而终以能善体人间美好而突破小我，成就大我。比如杜甫，多年流落，其诗思饱含对底层的同情与对现实的观照，故可以才思概之。而苏轼之才可配以一个识字。其才识体现在，他为人处世有自己的标准，这个标准以儒家所称的仁为准绳。以仁衡政，当朝政激进时他持保守看法，反过来一样。因而他总是与时宜不合并因此而屡遭挫折。但他又善能礼敬道家与佛家，对人生看得通透，所以他的诗词能安慰人心。

柳永无疑是一个极具才华而又感情丰富的人，可以才情称之，这个情字于他固然可指情感，但也时时体现为情绪。他时常陷在个人私密的情感里难以自拔。他的词很切己，但通常表现的是与风尘女子的情感纠葛。这无疑是他刚成年就流连风月的结果。他因自己突出的音乐与填词才华受到风月场的欢迎。甚至一段时间他自称"奉旨填词"，在秦楼楚馆，那些风尘女一经他评点就能身价高涨，他大概因此也获得了生活来源从而乐此不疲。《乐章集》中有四阕《木兰花》，头二字皆称某娘，应该是这种评点的体现。如"心娘自小能歌舞""佳娘捧板花钿簇""虫娘举措皆温润""酥娘一搦腰肢袅"。还有像《昼夜乐》里"秀香家住桃花径"、《柳腰轻》中"英英妙舞腰肢软"等，不一而足。尤其是虫娘，也称虫虫，在柳词中多次出现。这首《雨霖铃》据说就是与虫娘分手后所作。这首词而外，柳永长时间里多写"因念秦楼彩凤，楚观朝云，往昔曾迷歌笑"（《满朝欢》）、"想娇媚。那里独守鸳帏静"（《梦还京》）、"锦帐里，低语偏浓，银烛下，细看俱好"（《两同心》）之类，所以南宋著名文人胡仔很看不起他，以为柳作"大概非羁旅穷愁之词，则闺门淫媟之语"，而其作之所以能得到流传，乃在其"以言多近俗，俗子易悦故也"（《苕溪渔隐丛话·后集》引《艺苑雌黄》）。从来下里巴人要比阳春白雪传播更广，但阳春白雪从来不大正视下里巴人。比他小几岁但官做得很大的晏殊因其词鄙俗也不怎么待见他。据传在柳永日后做了小官希望升迁时，晏殊与他曾有过一段对话：

> 晏公曰："贤俊作曲子么？"三变曰："只如相公亦作曲子。"公曰："殊虽作曲子，不曾道'彩线慵拈伴伊坐'。"柳遂退。
> （张舜民《画墁录》）

晏殊十四岁即高中，乃神童，年纪轻轻就身任要职，一生相对平顺。晏工诗文，赡丽娴雅，也善为词，多写富贵艳情，而笔调俊朗，绝不粗鄙轻佻，有"宰相词人"之称。欧阳修《归田录》记载："晏元献公喜评诗，尝曰：'老觉腰金重，慵便枕玉凉'，未是富贵语，不如'笙歌归院落，灯火下楼台'，此善言富贵者也。"在晏殊眼里，富贵描写不在金玉其表，而更在一种气象的经营。同样，情之刻画也不可俗艳，不可暴露，不可一览无余，而应清深含蓄，有余不尽。所以对于柳词，晏殊拿其《定风波》中的这句"彩线慵拈伴伊坐"（原词作"针线闲拈伴伊坐"）说事，柳就默默离开了。

但是也有很多人能看到柳词的长处。比如北宋中后期写过《卜算子·我住长江头》的李之仪就以为花间多小阕,"至柳耆卿始铺叙展衍,备足无余"(《跋吴师道小词》)。稍晚的李清照与王灼也认可柳词之协音律(李清照《词论》、王灼《碧鸡漫志》)。比柳永稍小的范镇甚至认为柳作能"赞述""形容"一个时代。这一点李之仪也认同,以为"形容盛明,千载如逢当日"。后来黄裳更以为观柳词"如观杜甫诗"(黄裳《演山集》卷三十五《书乐章集后》),因为杜诗柳词皆不歌功颂德,"皆无表德,只是实说"(张端义《贵耳集》)。

对柳词词艺评价最高的当属晚清民国间的蔡嵩云。他说:"柳词胜处,在气骨,不在字面。其写景处,远胜其抒情处。而章法大开大阖,为后起清真、梦窗诸家所取法,信为创调名家。"(蔡嵩云《柯亭词论》)顺此气骨而言,柳氏之气,不同于李白之豪气。他有傲气,但更多负气成分,而其骨则体现在其骨子里有一种对底层众生的哀怜。他基本上是以平等的视角来写他所认识的异性,尽管这些异性都寄身于风尘。他后来做一个小地方的盐官后还写有一首《煮海歌》,对盐民充满同情。这种平等与同情意识与他长年辗转于底层有关。他的词注重铺叙,注重风景的描绘,注重场面的铺陈,而对于情感也能仔细描抹而曲尽其妙。所谓其写景远胜其抒情,乃在柳氏之情语,有时过于俚俗,这很可能是因其与一众风尘女子牵缠过甚,而往往跳不出个中情景。当他一朝远离她们,甚至一离有经年之长,乃至可能终生不见,更重要的是,距离上也不再是朝夕厮磨,从而获得一种时空远隔的观照,他终于能跳出那些他时常乐道的几属隐私的私情，可以在一种相对的大众共有的层面来描写一种共通的情感，再加上他高明的铺叙手法，高超的议论手笔，最终使下里巴人而一朝阳春白雪加身。

无可奈何花落去

——读晏殊《浣溪沙》

浣溪沙

/ 晏殊 /

一曲新词酒一杯,去年天气旧亭台。夕阳西下几时回?

无可奈何花落去,似曾相识燕归来。小园香径独徘徊。

晏殊作这首《浣溪沙》是在宋仁宗天圣五年（1027），时年三十七岁。据说这年春他要去杭州，路经维扬，也就是现在的扬州，在大明寺休息的时候，就让侍史诵读挂在壁间已题写上板的诗。诗能上板挂壁，通常意味着要么作诗者有名，要么诗写得好。壁上诗倒是不少，但很少有诗能让闭目养神的晏殊听完。他听侍史诵读的绝招之一就是不许说出作诗者的姓名爵里。最终有首诗打动了他，让他主动打听起作者来，随后还邀到这位江都尉王琪共进晚餐。饭后闲步池上，时落花纷飞。晏殊说他有时候得了一句诗，常常年余都对不上。比如"无可奈何花落去"这句，就一直想不出下联。王琪听后应声而答："似曾相识燕归来。"王琪的敏捷与才华让晏殊很是欣赏，就将他征聘，辟为僚属，也就是所谓辟置，并找机会给他推荐馆职。宋初置史馆、昭文馆、集贤院，合称三馆，都在崇文院内。在崇文院做官，是当时文人梦寐以求的事。这段逸事载于宋代吴曾的《能改斋漫录》卷十。

但据考证，自宋仁宗初至天圣五年这段时间，晏殊都在京师，没有去过杭州和扬州。倒是在这年正月，他一时冲动，犯了点事。犯事的直接原因是他嫌一名从幸玉清昭应宫的持笏的跟随来晚了，因而拿过笏板就打了过去，一不小心将小跟随的牙齿打折了。这一击之威虽然比不上近千年后一位封疆大吏的一记耳光，但还是引来了主管官风吏治的御史的弹奏。间接的原因是，在仁宗上台之初，掌权的是在帘后听政的章献太后。他这时刚升官做礼部侍郎，并拜枢密副使，但却不审时度势，上疏称某某不可为枢密使。这让太后老大不高兴。所以打人事件后，他就被贬黜到宣州。如果他真到过扬州及杭州，那应该是在这段时间，因为数月后，他被改派到应天府（《宋史·晏殊传》）。

可以想见，这段时间他是较为郁闷的。他七岁就获神童之誉，十四岁就与一班进士并试朝廷，且一点也不怯场，成功获赐同进士出身。他具有很多优良品德，比如诚实不欺、刻苦用功。诚实不欺为真宗皇帝亲见。当时廷试之复试阶段，考诗赋。他拿到赋题一看，正是不久前刚做过的题目，便请换题。这一做法深得皇帝欣赏，而其新所作赋，皇帝一读之下也连连称善。他因而被任命为秘书省正字。刻苦用功是在他成功获得皇帝关注后，皇帝派了人暗中考察他。这种暗中考察大概是皇帝了解臣属的一个重要手段。所以后来真宗为太子挑选导师，很自然地就相中了晏殊，因为皇帝听说馆阁臣僚无不整天嬉游燕赏，只有晏殊杜门不出，与兄弟们在家读书。任命后，晏殊在回复皇帝时说话也照样质朴天真、诚实可爱。他说："臣不是不喜欢燕游，只是因为太穷，做不到。"可见他是一个具有真性情的人。

基本上，因为这种性情和机遇，他的仕途是一帆风顺的。但这一次情急随手，使他尝到了人生中挫折的滋味。他不免有些借酒浇愁。"一曲新词酒一杯。"像他这样智商超群的人，赋诗填词只能算是小儿科。他一生所作据说超过万首，如果都保存下来，那应该仅次于乾隆，成为诗词创作群中的榜眼。

会写诗不算本领，写得好才显功夫。诗词与才相关，与学相关，更与性情相关。有真性情才能写得出真诗词。而逆境，正是考验一个人真性情的熔炉。

晏殊这首词，词牌为《浣溪沙》，据龙榆生《唐宋词格律》，乃唐教坊曲，《金奁集》入"黄钟宫"，《张子野词》入"中吕宫"。该词共六个七字句，四十二字，上下两片。上片起句仄起入韵，后二句平起平收，共三平韵。下起仄起仄收不入韵，后二句平起入韵，共二平韵。因皆为七字律句，类似一首省略版的七律，或扩充版的七绝，所以自诞生之日起，便创作者众。据统计，此调在《全宋词》中多达七百七十五首，为诸词牌之冠（韩子渝编著《词谱新编》）。

下面按句试析。

一曲新词酒一杯。何以要填新词？何以要饮酒？皆不明言，只承以"**去年天气旧亭台**"，点明地点，一处亭台，还有暗含的时间，某种天气。而天气是像去年那样的天气，亭台是曾经有过故事的亭台。一个"去年"，一个"旧"，时间跨度虽只一年，而这一年里因了这一次动手的转折，不免有了入心的感受。

夕阳西下几时回？流连在那充满过欢乐的亭台，在向晚之际，看着夕阳西下，感受着那些曾经的快乐，似乎也一并西沉。太阳落后，有再升的日子。而那些快乐呢？它们何时能再回？上片以诗酒起兴，聚焦于亭台这一地点，然后以环境白描而荡开，且发之以问，引人深思。

通常情况下，如果上片重景，则下片需重情。所以晏殊在这首《浣溪沙》换片之际，即以"无可奈何"单刀直入，情感之锋，锐不可挡。无可奈何花落去。这世间最让人无奈的事，是一切美好事物都不长久，就像枝头繁花，稍开即逝，转瞬即消，去时无法可挽，去后无迹可寻。与之相类的，还有我们的青春。那些年轻的时光像流水一般一去不回。纵有泼天富贵，也买不回那似水流年。更何况人世的富贵也不是那么容易便能得到的，通常需要付出百倍的艰辛。晏殊的仕途算是顺利的了，但一切说来就来，而说去也就去了。落日楼阁，向晚亭台，一位谪官，万片飞花。此景不易得，此情更难堪。所以，"无可奈何"可以说是晏殊此际内心最生动的写照。

"无可奈何"这一短语，虚多实少，还涉及词性变化，从对联的角度来说，要对工稳，很有难度，而《浣溪沙》过片头两句最适合，也要求最好是对仗形式。上引吴曾所记，表明即使是才高如晏殊，也在此句对仗上大费推敲之工，而且对句还被记到了别人名下。白居易曾作过《无可奈何歌》，对于"白日走而朱颜颓，少日往而老日催"而大叹无可奈何。白居易以之入题，而晏殊以之入对。正因为对仗艰难，特显功力，所以此后文人们多有模仿，比如苏轼"无可奈何新白发，不如归去旧青山"（《浣溪沙》），比如陆游"无可奈何犹食粟，未能免俗学浇蔬"（《自诒二首》之二），一直到近现代，仍多有尝试者。虽才高如苏轼，性放如陆游，都不如晏殊此对来得贴切自然。所谓"实处易工，虚处难工"，明人卓人月不禁感叹此对"对法之妙无两"（卓人月《古今词统》卷四）。

似曾相识燕归来。这一对句的高妙在于，"无可奈何"体现了一种人类面对造化的无力感，暗含着无尽的忧伤，但春燕的飞舞却在这悲情的无边幽暗之中增添了一道明丽的色彩，给心以温暖，给人以信心，给人间以希望。而且这燕还"似曾相识"，一方面使人顿生亲近之感，一方面照应上片之"去年"和"旧"，草蛇灰线，遥遥相应。

小园香径独徘徊。香径，就是充满落花、如带花香之径。在同期，大概是太喜欢这首词，晏殊还以下片三句为基础扩展成一律。"小园香径"改成了"小园幽径"。我更喜欢"幽径"一词。园是小园，径是幽径，人是孤独一人。落花满地，繁华销尽，黑夜将临，燕子虽已成双飞来，而人却是孤独地徘徊于黄昏。虽然下片对句突显了一片亮色，但毕竟人在红尘，不如意事十常八九，况新遭贬谪，自有愁怀无可排遣。而晏殊此调虽毫不言愁，但弥漫其中的一种怅惘之情却如夜幕一般笼罩，轻易挥之不去。

晏殊作词不蹈袭人语，善状景，善写情。此词无一句纯白描，无一句纯写景，每一句都景中带情，以情写景，景不离情，情附于景。这一点近人王国维最有见地，他在《人间词话》中早就指出过："一切景语皆情语。"晏殊气度闲雅，以词吟咏情性，类多风流蕴藉。欧阳修的《归田录》卷二记载晏殊喜评诗，喜欢从诗句中看一个人有没有富贵气象。比如"老觉腰金重，慵便枕玉凉"，腰缠金带，头枕宝玉，在晏殊看来，"未是富贵语"。而"笙歌归院落,灯火下楼台",这才是富贵人家才有的景象,"此善言富贵者也"。晏殊自己也有名句:"梨花院落溶溶月,柳絮池塘淡淡风。"晁无咎据以"知此人不住三家村也"。胡仔《苕溪渔隐丛话》、魏庆之《诗人玉屑》及吴曾《能改斋漫录》等皆记为晁无咎评宋人词,不过皆误将晏殊之子晏几道的名句"舞低杨柳楼心月,歌尽桃花扇底风"记到晏殊的名下。晏殊类似的名句是这"梨花柳絮"联。

晏殊一生相对顺畅,年少科第,年轻高官,以至于一些年纪与他差不多或稍小于他者,如富弼、韩琦、欧阳修等多经他荐引,以变法闻名的王安石出自其门,甚至像范仲淹、孔道辅,年纪比他还大几岁,也都是他的学生辈。他诗中的这种富贵气象,是因为他人生的相对成功所致呢,还是其成功因这种自然性情所致,这的确是一个值得探索的问题。

中国传统诗词,多表现孤独困苦忧患。诗可以兴,可以怨。孤独困苦忧患中的人多感、多慨、多兴、多怨。尤其当家邦处于危险,人民不免流离失所时,这种感触更多,因而有"国家不幸诗家幸"之说。但孔夫子评论《关雎》时说"乐而不淫,哀而不伤",强调表达出来的快乐与哀伤都不可过分。儒家主张中庸,强调万事有节制,致中和。情感之喜怒哀乐,未发乃是中,发而有节则是和。所以诗教的宗旨是"温柔敦厚"。情感的表达要做到"致中和"是相当不容易的。每个诗人都会因本身性情的养成、人生的遭际以及学养的培植等,而在情感表达上形成各自的风格。苏东坡所概括的"元

南宋／马麟（传）／长松山水图

轻白俗，郊寒岛瘦"，便是四种典型代表。诗词可以轻俗寒瘦，但如果故轻媚俗，畸寒偏瘦，则属过分。耐人寻味的是，孟郊与贾岛诗风寒瘦，而生平也相对坎坷，与晏殊恰成对照。佛家说，万法唯心。人们心中的想法或者会有意无意影响到人们的行动，初始条件的些微改变，也许真会形成蝴蝶效应，从而极大地影响到人生。

晏殊这样一种富贵气象应该是得之于心灵的一种修为。他从小就显示出一种气度，以诚待人，以真性情处世，以平常心看待万事万物，故虽处逆境而不放恣，从而能自振起。所以，他虽会慨叹"无可奈何花落去"，但更能看到"似曾相识燕归来"。

"无可奈何花落去，似曾相识燕归来。"这惊艳一对让千年人间充满情智的灵光。

可惜明年花更好

——读欧阳修《浪淘沙》

浪淘沙

/ 欧阳修 /

把酒祝东风，且共从容。垂杨紫陌洛城东。总是当时携手处，游遍芳丛。

聚散苦匆匆，此恨无穷。今年花胜去年红。可惜明年花更好，知与谁同？

人生一世间，最令人无可奈何的是时间的不可逆。时光一去不复返，多年以后，蓦然回首，仿佛长长的一年、几年、百十年，都只如白驹过隙，恍若响指轻弹。这种单向性一视同仁，即便圣如孔夫子，看着一江逝水，也只能喟然而叹曰："逝者如斯夫！不舍昼夜。"虽然《论语》中没有明确记载孔夫子发这番感叹时有多大年纪，但通过《子罕》下篇该记载之前后文字，可以大致确定这时孔夫子应该早已知了天命。孔子亟欲用世，一种强烈的实现愿望的冲动甚至使得他当听到弟子子贡问他一块宝玉是该藏起来还是卖掉时，冲口即道："沽之哉！沽之哉！我待贾者也。"时间的不可逆，意味着一段时间后，你可能一事无成，而只能徒叹年华老大；或者过去的时光太过美好，良辰易有，欢会难再，也唯有感慨系之。

而时隔一千五百余年后一位名叫欧阳修的青年写下了一首《浪淘沙·把酒祝东风》，他所感叹的正是人生美好的无常。

欧阳修少年失怙，从小在叔父家长大。他敏悟过人，好学刻苦，二十二三岁即就试国子监，并在礼部考试中独占鳌头，获"南宫第一"，进而举进士，被任命为西京推官。（《宋史·欧阳修传》）正是在西京洛阳任上，他遇到了他平生最相投契的同僚，以及平生第一个也是最好的一个顶头上司——钱惟演。他在天圣九年（1031）三月赴任，同僚中尹洙喜为古文，梅尧臣精于歌诗，而他们的上司则是吴越王钱俶之子钱惟演，时任西京留守。钱惟演对待这帮年轻人极其友好，所以欧阳修等人就得以在一种相当宽松的氛围下吟诗作对，品酒论文。

最离谱的，据说有一次欧阳修等人到嵩山游玩，在龙门遭遇风雪，正发愁际，忽见钱惟演派了厨子和歌妓前来，让他们吃酒听歌，安心赏雪。

这样的好事很快就随着钱惟演的调离而终止，继任者的苛刻使得过往的生活因对比而分外令人怀念。到明道元年（1032），不到一年的时间，友朋星散。欧阳修给梅尧臣写信，不禁感慨道："人生不一岁，参差遂如此。因思百年中，升沉生死，离合异同，不知后会复几人，得同得不同也。"（《与梅圣俞》）这封信应该可以作为这首词之背书。或者说，这首词应该是在这封信前后所写。

《浪淘沙》为小令，故也称《浪淘沙令》，唐教坊曲，初为七言绝句体，五代时发展为长短句双调小令。《钦定词谱》更明确表示，这种"两段令词"形式由"南唐李煜始制"。与七言绝句体比，"虽每段尚存七言诗两句，其实因旧曲名，另创新声也"。故双调小令《浪淘沙》以李后主词为定格，双调五十四字，前后段各五句，四平韵。欧阳修此词格律即全准李后主。

词之开片为赋。赋者，铺叙其事。把酒祝东风，且共从容。简单的两句，截取了一个画面，交代了源起。在那么一个春日，东风浩荡，诗人持酒相祝，请求东风不要太早离开，且与一道从容。从容，本来是一个形容词，或副词，用来形容某个事物，或修饰某个动作，但在这里，作者直接省去了事物或动作，只留下了这个形容词或副词本身，从而使得这个词也

南宋 / 佚名 / 柳荫醉归图

改变词性，作了名词。这种只留修饰词而省去中心词的省略，使得句子简洁而富有张力。垂杨紫陌洛城东，紧接着的这句，三组偏正结构的名词词组，继续交代背景，明确了祈祝的地点，"垂杨、紫陌"，也与前文之"东风"，及后文之"芳丛"，共同点明了时间。杨丝已垂，阡陌飞紫，时令当已是晚春。洛阳牡丹闻名天下，"芳丛"，极有可能写的是牡丹花丛。总是当时携手处，游遍芳丛。上结这两句非常妙，妙就妙在，第一，"游遍芳丛"承接着上片整体的铺叙，指明了这次活动的中心乃是游览；而第二，"当时携手处"，在流水般的顺序描写中忽然插入一段旧事，而这种插入是如此自然，以至于不细加体会，都很难发现这是一段插叙。正是有了"当时携手"的交代，人们从而可以知道，这一次是诗人重到。当时曾到，诗人与友携手共步芳丛。这一次呢？芳丛当然也会游遍，但曾与携手之人有些已不知身在何方了。

所以下片开头，诗人之兴立马转到了"聚散"这一主题。聚散苦匆匆，此恨无穷。如果有所谓诗眼或词眼的话，在这一首词中，这一句算。这一句也占着词中承上启下的关键位置。当年的相聚，昔日的欢会，很快就成为过眼烟云，百年都只如云烟过眼，况是一场春游！但聚时的快乐和别后的落寞最易让当事人情难自已，所以有恨。此乐越多，此恨越无穷。今年花胜去年红。今年的牡丹开得比去年还好，去年花开得虽不如今年，但是去年游春，有可携手之人，而今年呢？可惜明年花更好，知与谁同？而且年年都有花开，甚且可能一年更比一年开得好，但谁是同游之人？诗人将无边的感慨都付之一问。以问结，也最能引发读者的思绪，产生共鸣。

一个优秀的诗人必然具有对美好事物的向往之心，必然有情，必然善于表达，其所表达，必然切己，表达出来的句子必然与众不同。对于过去的好时光，古今中外，都有不绝如缕的歌吟。句子越是从作者心中流出，越能打动人心。同样的主题，杜甫当年有诗曰："明年此会知谁健？醉把茱萸仔细看。"（《九日蓝田崔氏庄》）老杜老来悲秋，以醉中细看茱萸，表达了良会不常有、此际宜珍惜之意。而欧阳修写此词之时，正是青春年少，且刚做官不久，虽良会已逝，而来日方长。所以在感叹聚散匆匆之时，他并不像普通人，将所有的美好都归之于过往，从而感叹去年花胜今年红；也不像老杜那样，自觉佳期难再，遂觉今年的茱萸要比明年的好，珍惜当下。他反其意而用之，以为人间的美景，乃是一年更比一年好，所以"今年花胜去年红"，虽然"去"字处须一仄声字，但欧阳修这样表达应该不完全是因为平仄。顺着这种一年更胜一年的思路，写出"明年花更好"就完全在意料之中。也正是因为美景之一年更比一年好，更反衬出有美景而无欢会之感伤。

欧阳修此词铺叙从容，转接自然，临结以去年、今年、明年之对比，如滚滚波涛，浪浪相续，从而推出"知与谁同"一问。对于"想到明年"，陈廷焯以为"真乃匪夷所思，非有心人如何道得？"（《词则·别调集》卷一）下片结语"知与谁同"，正是他致梅尧臣信中"后会几人得同得不同"这句话之浓缩。正像俞陛云所言,下片这几句乃"至情语,以一气挥写,可谓深情如水,行气如虹矣"(《唐五代两宋词选释》)。

这首词首句"东"字犯韵,虽然有很多改法可以避免这一毛病,但欧阳修没有在意,表明这首词的写作很可能是一气呵成。这一略带瑕疵的版本也让千载以下的读者每一展卷,都仿佛能感受到作品墨迹与元气之淋漓。

寂寞沙洲冷

——读苏轼《卜算子·黄州定慧院寓居作》

卜算子·黄州定慧院寓居作

/ 苏轼 /

缺月挂疏桐,漏断人初静。谁见幽人独往来,缥缈孤鸿影。

惊起却回头,有恨无人省。拣尽寒枝不肯栖,寂寞沙洲冷。

苏东坡一生无论是书法、绘画，还是诗文词赋，都成就惊人。他的一生，是才情尽情挥洒的一生。而他之所以能取得令人瞩目的辉煌，与他本色做人相关。从诗词的角度来说，与他深具诗心相关。

他二十出头即获欧阳修赏识，名动天下。当他科考完毕，当时作为主考官的欧阳修，毫不怀疑他录取的是一个宰相之材。尤其对其善读书、善用书印象深刻，以为他日必定以文章独步天下。三年后应制科试，作为殿试主持的皇帝宋仁宗，同样觉得制策入三等的苏轼（整个宋代，据说只有两位制策入了三等，而苏轼是其中之一）和入四等的苏辙，两兄弟是难得的人才，并以自得的口吻说："吾今又为吾子孙得太平宰相两人。"但事实上，苏东坡一生为官的太平日子也就是入京科考后的十五年左右时间。当宋神宗启用王安石变法，他的官运便开始波折，作为新法的反对者被贬离京城，在杭州、密州、徐州与湖州间辗转为官，更在四十三岁的时候卷入"乌台诗案"，下狱一百零三天，差点被杀头，最后虽然保住了性命，却再遭贬谪，到黄州做了团练副使。

这首《卜算子》，便是苏轼在贬谪黄州后寓居定慧禅院时所作。

《卜算子》，作为词牌，万树《词律》以为取义于"卖卜算命之人"，《钦定词谱》以苏东坡此词为正体，双调四十四字，前后段各四句，两仄韵。

缺月挂疏桐，作者以所见之景起兴，承以"漏断人初静"。

然而月是缺月，桐是疏桐，且还是漏断之际，也就是记时的滴漏声断之际。更深夜静之际的缺月疏桐，一缺一疏，词语的选用将作者内心的枯淡泄露无疑。上起两句虽只交代了时间、地点、景象，却不仅仅只是简单的背景描述，更重要的是一种氛围的营造。在氛围造足之后，才放主角入场。谁见幽人独往来，缥缈孤鸿影。主角也不是放在聚光灯下，而是仍然置于远景中；主角也不是人，而是看起来像幽人一样的鸿；也不是夜深栖定不动的鸿，而是飞来飞去在夜幕中影影绰绰、虚无缥缈的鸿。

从修辞手法上来说，整个上片基本上是赋，也就是铺陈其事，或者说就是白描。下片则只有起句是白描，惊起却回头，将镜头推近，重点描写了鸿惊飞而回头的状态。随后，有恨无人省，使得本来还相对客观的场景，忽然主观化。紧接着，拣尽寒枝不肯栖，一"拣"，一"不肯"，使得主体进一步融入客体。本来鸿是鸿，人是人，而经过作者主体意识的介入，鸿与人便再难区分。可以说上片是描写相对客观的鸿，而下片则在主观的作用下，使得一个客观的场景成为作者内在心灵的写照。寂寞沙洲冷。作者借鸿无枝可栖、往来翩飞表达了人生的一种状态，而这一状态所依存的环境，则是冷清而寂寞的沙洲。

苏东坡的词，通常最为人们所称道的，是他高歌"大江东去"的豪放。他以诗法写词，使得本来低俗不入流的词，不再只是诗余，不再是文人编选自己诗文时弃不足惜之赘余，而一样可以像诗一样言志。而"大江东去",正是他在黄州时所创作。可以说正是黄州的经历,才使得他一生才智之门通透地打开。这是他人生经历中一个极度低谷期。但即使在这样的时期,即使周遭是一片冷而寂寞之沙洲,他求索的心灵也不肯随意栖泊。他借鸿以一种"拣"的姿态向人们展示他在人间的有所为有所不为。

据说在他还是儿童时,曾读到石介的《庆历圣德颂》诗,诗中提到了韩琦、富弼、杜衍、范仲淹诸贤,他向老师一一问明,老师觉得奇怪,他给予的答复是"正欲识是诸人耳"。《宋史》本传以为,他此时已有与当世贤哲相颉颃之意,即所谓做人要做这样的人。这一童年的经历某种程度上确定了他一生的志向。他有一颗慈悲之心,所以他不忍见朝廷的政策伤害民间。王安石新政改革时他反对,司马光恢复旧政他也反对。他反对的不是具体的政客,而是那些不顾民间疾苦、不管民众死活的政令。所以他有一肚皮的"不合时宜",但在这"不合时宜"的肚皮后面,却是一颗炽热的人道之心。这颗心随遇而感,当处逆境时,最易激发而为诗心。所谓苦难出诗人,正在于此。

"大江东去"体现的是苏东坡雄豪的一面,这一面更多地是他身处逆境时在人前的展示。雄豪、旷达是应对不如意的良方,否则容易沉沦,陷入抑郁而难以自拔。但当夜深人静,尤其是借居寺院,体验一种远离红尘的寂静,回首往事,冥思前程,不免万念纷呈。而这一夜,一只落单的飞鸿在林间飞来飞去,惊起回头,引发了诗人无穷的联想。这一联想

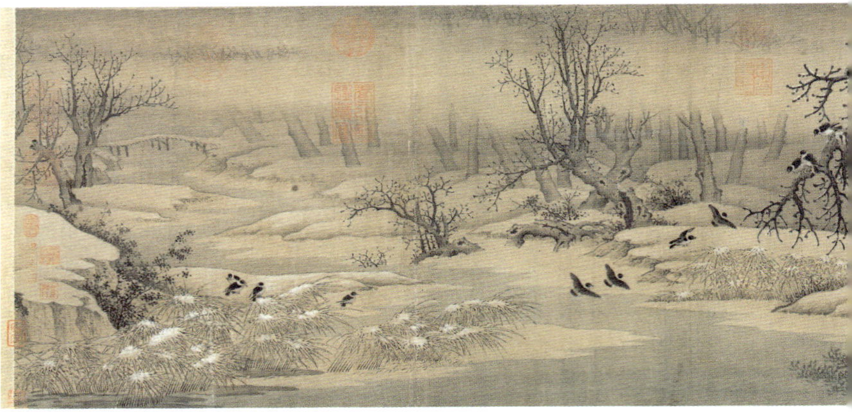

北宋 / 李成 / 寒鸦图卷（画芯）

寂寞沙洲冷

最初应该只是与个人际遇相关，但寺庙却更容易将人的思绪带入不可知的未来，或深入到心灵的深处。在缺月疏桐间惊飞的孤鸿，其所不栖，不是无处栖，而是不肯栖。人生一世间，绝似远行客，即使在最艰危冷寂似沙洲的场合，也要有所坚守，也要怀有对远方的期待。

　　苏东坡在这首《卜算子》中，非常注重造境。此境虚幻空灵，非禅境，非仙境，更非俗境，但又似禅，似仙，似人间。比东坡略小，作为"苏门四学士"之首的黄庭坚无疑最了解他，所以在读到这首词后即称："语意高妙，似非吃烟火食人语。非胸中有万卷书，笔下无一点尘俗气，孰能至此！"

　　况蕙风曾经说："吾听风雨，吾览江山，常觉风雨江山外有万不得已者在。此万不得已者，即词心也。而能以吾言写吾心，即吾词也。此万不得已者，由吾心酝酿而出，即吾词之真也。"（《蕙风词话》）苏东坡的万不得已，正在于他有一颗仁心，一颗真心，一颗诗心。他以高旷之胸襟，空灵之运笔，为我们塑造了一个清冷的境界，使我们在多少有些温情的人间之外，领略到终究不免冷寂的人生。

春归何处

——读黄庭坚《清平乐》

清平乐

/ 黄庭坚 /

春归何处?寂寞无行路。若有人知春去处,唤取归来同住。

春无踪迹谁知?除非问取黄鹂。百啭无人能解,因风飞过蔷薇。

一年虽分四季，而似乎冬夏特长，春秋偏短，尤其是春天，似乎才一出现，便消失了。四季去了，还会有轮回的时候，而时间呢？时间一去不回。所以春光的逝去最容易触动那些易感的心灵。譬如黄庭坚，在他虚岁六十一之际，在他人生的最后一个春天，在他广西宜州的贬所，就忽然童心大发，面对枝上黄鹂，询问春归何处。

黄庭坚是所谓小时了了、极其聪明的人。据《宋史》记载，他幼时读书，不几遍即能成诵。其舅过其家，每取架上书相问，他也无不对答如流。而且年纪轻轻即举进士，诗文更得到苏轼的叹赏，以为世间久无，超逸绝尘，独立万物之表。但是小时了了的人，大未必佳。一些是因为拔苗助长，不能持续，长大后即泯然而与大众无异。一些可能因为环境改变，难以获得良好教育，长大后也默默无闻。黄庭坚长大后不能说未必不佳，但他为官后却一直仕途不顺，这多少与其小时了了有些关系。

小时聪明之人，如果性格得不到良好发展，一般多少会有些恃才傲物。这样的人，遇到心仪之人，能倾心交往，而遇到不喜之人，往往不善应付，并于无形或有形之中得罪人。所以黄庭坚最幸运的是遇到了苏轼，以及同在苏门之秦观、张耒、晁补之等人，这些人都因苏轼慧眼识才，逢人说项，而声誉鹊起。但随着苏轼的被贬，这些才华卓越之士都开始了曲折的人生。

黄庭坚元祐间为著作佐郎，因生性耿直，编《神宗实录》，多据实记录，反被诬不实，因而被贬。这种与人不合，可能更多的是骨子里瞧不起别人所致。表现在作诗上，就是本来清奇绝特，而忽强调以俗为雅，以故为新，喜欢造拗句，押险韵，盘空瘦硬，每"以生字、俚语侮弄世俗"（刘熙载《艺概》卷四）；表现在写字上，就是本来书从二王，俊雅明快，而忽引碑铭结体，长枪大戟，发散森张。

不过，黄庭坚毕竟是一位饱读诗书之人，深知儒家忠恕之道，他也是著名的孝子。《宋史》称他性笃孝，母病弥年，他一年中昼夜观察，衣不解带。其母去世后，又筑庐墓边，哀毁得疾，几乎死去。诗人，皆是深具仁孝之心的人。而诗教，即重在培养温柔敦厚之品格。黄庭坚说："诗者，人之性情也，非强谏诤于庭，怨愤诟于道，怒邻骂座之为也。"诗言志，志者，心之所之。诗人之心，必是仁者之心。仁心所向，先忧后乐，哀感悲怜，只在众生。所以诗人不能图一时之快，而泄其私愤。"其发为讪谤侵凌，引领以承戈，披襟而受矢，以快一朝之愤者，人皆以为诗之祸，是失诗之旨，非诗之过也。"（《书王知载朐山杂咏后》）

写诗有写诗之道。在宋代诗坛，有所谓江西诗派，以杜甫为尚，而开其宗者，即黄庭坚。写诗必先有所因循，其甚者，要做到无一字无来历。像杜甫，读书破万卷，下笔才如有神。所以，在黄庭坚看来，一个优秀的诗人，当善于夺胎换骨，点石成金。很多语言、句子，甚至诗意，前人都涉及过，但优秀的诗人能在前人的基础上稍加变化，就能化普通为神奇。

黄庭坚非常推崇杜甫，以为诗法也可从熟读杜甫而得："但熟观杜子美到夔州后古律诗，便得句法。简易而大巧出焉。平淡而山高水深，似欲不可企及，文章成就，更无斧凿痕，乃为佳耳。"（《豫章黄先生文集》卷十九《与王观复第二书》）诗词也好，文章也罢，最高境界实质上是简易与平淡。简易之中藏着大巧，平淡之中可见山之高、水之深。山水贵得自然，诗文贵无斧凿，一派天真，方见其妙。

《清平乐》这个词牌，《花庵词选》名《清平乐令》，《钦定词谱》引《宋史·乐志》称"属大石调"，而《乐章集》注为"越调"。世人多以古乐声律高下有清调、平调与侧调之别，而读乐（lè）为yuè。但词牌名通常据内容而取。晚唐的温庭筠流传下来的《清平乐》中有一首有"新岁清平思同辇"，从内容与词牌的相关性上来说，这个词牌应该读成"清平乐（lè）"，即清平之时的快乐之意。日本青年学者早川太基博士也通过从六朝到明代，以及从中土流传到日本的雅乐及明乐资料等大量例证推断，当时乐府及词牌等俗乐曲名中的"乐"字读音，一律都是lè的可能性极大。

词牌流传开来后，与所咏内容便不一定相关。

这首《清平乐》正具平淡天真之妙趣。

上起以"春归何处"设问。这是一个年过六十之人所问，问极突兀，也极简单，而自具天真，也极形幼稚，却自有童趣。春继寒冬而来，似在突然之间而万花竞放，一时热闹喧阗。却也似顷刻之间而万类俱寂，除却绿叶萋萋。花事寂寞，一

清 / 华嵒 / 蔷薇山鸟图

派清净。春虽已去，却不知去到了哪里。寂寞无行路。这一句承起句之问，却不直接作答，但以"寂寞"来凸显春天曾经的繁华。去路无踪，所以很难知道春天去了哪里。若有人知春去处，唤取归来同住。紧接着的这两句，仍是假设，句意上，也紧密承接。而"唤取归来同住"，则正是童心深具之生花妙笔。

俞平伯以为，此词上片是提出问题，下片则自己尝试着解答。上片泛泛地向人发问，已隐含人皆不知这一层意思，下起"春无踪迹谁知"，作了重申，但以"除非问取黄鹂"相承，表明人虽不知春之去处，却还有黄鹂，让人平添一份希望。百啭无人能解，因风飞过蔷薇。然而黄鹂，虽百般鸣啭，却是无人能解其意，唯有眼睁睁看着它飞过蔷薇。

为什么要问取黄鹂？黄鹂是黄庭坚诗词中经常用到的一个意象。黄庭坚推尊的杜甫也有"两个黄鹂鸣翠柳""隔叶黄鹂空好音"等名句。黄庭坚喜点化古人句，"青春白日无公事，紫燕黄鹂俱好音"，这是他在《次韵盖郎中率郭郎中休官二首》其二中的一联，"青春白日"，老杜在《题省中院壁》（落花游丝白日静，鸣鸠乳燕青春深）及《闻官军收河南河北》（白日放歌须纵酒，青春作伴好还乡）中两次以"青春"对"白日"；"紫燕黄鹂"则出自老杜《柳边》"紫燕时翻翼，黄鹂不露身"及上引"隔叶黄鹂"句。如果是这样，则"黄鹂"一词自无特别深意。

而俞平伯从唐人冯贽所撰《云仙杂记》卷二所引《高隐外书》中发现了一段记载，使得"黄鹂"一词之内涵得到了拓展。

这段记载称：戴颙携黄柑斗酒，人问何之，曰："往听黄鹂声。此俗耳针砭，诗肠鼓吹，汝知之乎？"黄鹂之声，对俗耳有针砭之效，对诗肠有鼓吹之功。所以，俞平伯以为，这里当是作者借寓自己身份怀抱，应该不是泛泛之笔。（俞平伯《唐宋词选释》）

但《云仙杂记》这本书始见著于《宋史·艺文志》，《四库全书总目提要》认其乃伪书。因为该书所引如《高隐外书》之类均不见历代史志收录，序中所称年代也先后颠倒，因而判定乃宋元人所为。这样，黄庭坚时代是否有这本书，是否有这个故事流传，实在存疑。戴颙应该是刘宋时代的戴颙。黄柑斗酒，一引作双柑斗酒，其事未见于《世说新语》等书，但至少在南宋初期开始作为诗典，比如王厚之有"莺声促我醉双柑"（王厚之《香山刻石》），赵长卿有"双柑斗酒"（赵长卿《水龙吟·莺词》）等。这两处用典明显出自《云仙杂记》。据此则该书至少在南宋初得到了一定程度的流传。在黄庭坚时代，或者有相关民间传说，亦未可知。

不过，不管黄鹂是否有此传说，诗人借草木鸟兽虫鱼来托兴相当普遍。在差不多同一时期，黄庭坚还作有一首《水调歌头》，其中也提到黄鹂："瑶草一何碧，春入武陵溪。溪上桃花无数，花上有黄鹂。"虽然他将背景移到了武陵溪，但很可能那是同一只黄鹂，是同一只唤醒诗人诗心之灵禽。所以此中或真有真意存焉，亦未可知。

简易而大巧出焉，平淡而山高水深，更无斧凿痕。黄庭坚这首《清平乐》，在近人薛砺若看来，"通体无一句不俏丽"，尤其是结句"百啭无人能解，因风飞过蔷薇"，"不独妙语如环，而意境尤觉清逸，不着色相。为山谷词中最上上之作，即在两宋一切作家中，亦找不着此等隽美的作品"。（薛砺若《宋词通论》）黄庭坚不以词名，所以往往在一些宋词选本中落选。但这首词，语言清新，深具天真，且典化无形，实妙笔天成，真乃上上之作。

春归何处？对于黄庭坚来说，他的一生，尤其是后半生，几乎都是在遭贬谪中四处颠沛。人生顺境少，不如意时多，因而他对当时流行的金液丹非常感兴趣。这个金液丹类似于魏晋时代的五石散，主药为硫黄等。据说此药排荡阴邪，但唐孙思邈即以为五石散乃"大猛毒"，而金液丹同样吃后通体发躁，这是因为硫黄有毒，内服尤须小心。而当年的苏轼、黄庭坚等人显然不知这一点。黄庭坚被贬到宜州，即今广西河池，在他填完这首《清平乐》后的某一天，下起了小雨，据陆放翁《老学庵笔记》，他吃了药，饮了酒，大约微醉，坐于胡床之上，大概感到躁热，就从栏楯间将脚伸出，淋着雨，看着一位名叫范寥的人说："信中，吾平生无此快也。"话说完不久，他就去世了。这是一个生平历经苦难而深具仁心的诗人最诗意化的死，死前，他在人世的烦嚣中终于体会到了一丝清凉。或者在他死后，他能找到他心目中的春天，唤来同住。

自在飞花轻似梦
——读秦观《浣溪沙》

浣溪沙

/ 秦观 /

漠漠轻寒上小楼,晓阴无赖似穷秋。淡烟流水画屏幽。

自在飞花轻似梦,无边丝雨细如愁。宝帘闲挂小银钩。

人类不同于动物的一个重要方面在于认知能力的强大。大千世界万象纷呈，藏妙隐奇，奥秘无穷，而人类对未知的好奇心和探索行动亦无有止境，这使得我们的知识系统不断丰富。我们的内心也跟大千世界一样，一方面丰富多彩，需要了解，一方面我们自己也会不断地以诗文词赋来主动展现。而有时，当这种丰富呈现于面前时，人们不免会惊奇于这种奢华，反过来会尽量以一种简明的方式来加以归纳。比如诗，我们可以适当地分之以边塞、田园、送别、怀古、悼亡、行旅、闺怨、战争、咏物、西昆体、性灵派、江西派等各类。比如词，我们可以简单地归纳为婉约派和豪放派。

但当一个诗人被贴上这种标签之后，以偏概全的弊端就在所难免。秦观就是这样一个被贴上婉约标签的诗人。稍品其《淮海居士长短句》中排在第一篇的词《望海潮·星分牛斗》，便不难发现，无论是其场面描写（如扬州万井提封、珠帘十里东风、画桥南北翠烟中），还是其历史跨度（如迷楼挂斗、月观横空、乱云流水、萦带离宫），都具有一种博大豪纵的气象，更难得的是，作者善于细节刻画，如花发路香、莺啼人起、金紫飞盖、巷入垂杨、纹锦制帆、明珠溅雨，一种从容不迫的铺陈让人领略到扬州现在的繁华与曾经的雄盛。虽然结句"最好挥毫万字，一饮拼千钟"略带颓意，但仍透露出一种掩饰不住的豪迈。

这首词应该是秦观早年的作品。宋元祐中，苏轼风头正劲之时，其门墙綦高。而秦观与黄庭坚、张耒、晁补之等人文章、议论深受苏轼青睐，得以并称"苏门四学士"。尤其是秦观，最受苏轼之知，以为有屈宋之才，并以贤良方正、直言极谏科荐之于朝。当秦观科考不济、两次不中时，苏轼路经江宁还曾向王安石推荐过他。虽然王安石这次只读到了他的部分诗文，但也有尝鼎一脔之快意，并不由赞之"清新妩媚，鲍谢似之"。但苏轼在元祐年间的好日子实际只有元祐七年（1092）后的两年。在这前后，秦观的仕途都不算顺畅。他是那种心思细腻且善于表达之人，尤其是在这种不顺的环境下，他将人生旅途中的坎坷，以及人心中的失意，结合路途中的风景和人心中的美好，化作清丽绝尘的句子，从而描绘出一幅幅在历史长河中时展时新的图卷。

他工于描抹，极善铺叙，随便几笔，即成图画。"香墨弯弯画，燕脂淡淡匀。揉蓝衫子杏黄裙。独倚玉阑无语点檀唇。"这首《南歌子》上片，一画一匀，只描写了两个动作，一揉蓝衫，一杏黄裙，只叙述了两件衣物，而一个青春期的女子如见。结句中有三个动词，作谓语的是"倚"，后面的"无语"和"点"应该算补语吧，这两个补语，加上修饰词"独"，使得这个青春期女子的寂寞如见。上片重点描绘对象，下片则营造氛围："人去空流水，花飞半掩门。乱山何处觅行云。又是一钩新月照黄昏。"人的一生会遇到无数人，而基本上没有人能伴随自己一生。所以，人来人往，最终会如同水流之西来东去，春花之朝开暮落。那些离开的，也不仅仅是行人，还有青春，再不会复返。而在任何时候，都有一种无法排遣的孤寂会伴随着我们，就像月亮，稍不留神，它就悄然挂在天空，为一双双寻找的眼睛昭示内心的怅惘。这种孤寂怅惘感很难消除，它时不时地就会显现。所以下片结句，最打动人的，不是那照黄昏之一钩新月，而是一个"又"字。

淮海词多描写独处之女性，因而在其词中可见到很多特别的处所，如《踏莎行》之杜鹃声里、斜阳暮际、闭在春寒中的"孤馆"，《减字木兰花》"独自凄凉""困倚"之"危楼"，《木兰花》"秋容老尽"之"芙蓉院"。还有这首著名的《浣溪沙》："漠漠轻寒上小楼，晓阴无奈似穷秋。淡烟流水画屏幽。　自在飞花轻似梦，无边丝雨细如愁。宝帘闲挂小银钩。"这首小令将景和人极其和谐地融为了一体，很难分清哪是在写景，哪是在写人，或者说句句都在写景，而句句也都在写人。写人通过写景，写景重在写人。几乎每一句，看起来都像是在写景，而实际上写人更多。

比如首句，漠漠轻寒上小楼，不难发现，七个字只有"楼"一个字是景，"上"字不用说，而"漠漠"也好，"轻"也好，"小"也好，甚至包括"寒"，都是人的感觉，体现了人的存在。第二句，晓阴无赖似穷秋，交代了具体时间，是一个早上，通过第二句"似穷秋"和下片"飞花"，可以准确地知道是一个春天的早上，也营造了一种氛围，一个孤寂的雨天和一种雨天的孤寂。第三句，淡烟流水画屏幽，是登楼后之所见。下着雨，不远处水已成流，淡烟升起，仿佛一幅画，一幅无人理会的画，就像房间里的画屏，孤独地放在那。这景象极

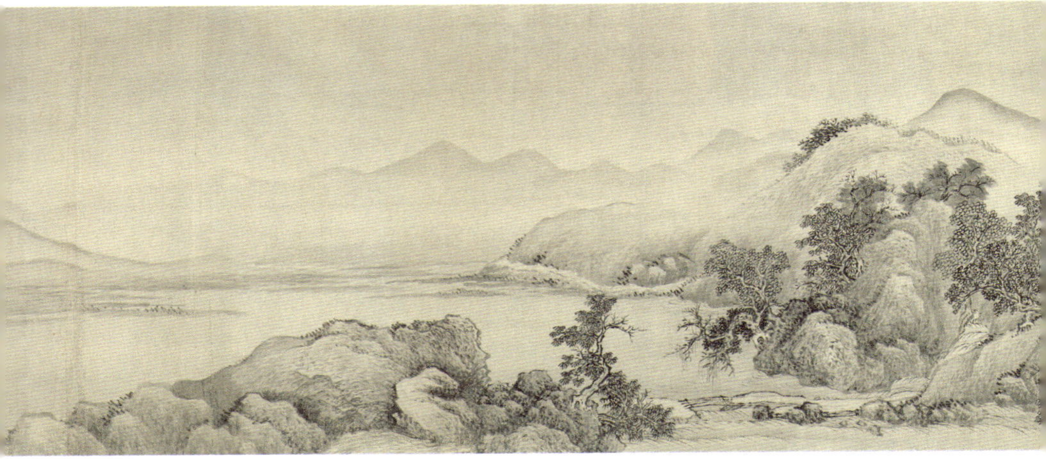

清／王翚／仿范宽溪山行旅图卷（局部）

其寻常，而又极其不寻常，只有那些易感的心灵才会在寻常事物中发现不寻常的美好。第三句乍看像是纯写景，而一个"淡"字，一个"幽"字，又将景背后的人暗暗地点了出来。

写到此，似乎一幅人景合一的画已经完成了，而秦观的高妙正在于，他能在最平凡的地方出奇。春晨，轻寒之晨，可以小雨成流，可以飞花惊风，可以淡烟横空。而在秦观的笔下，自在飞花轻似梦，那些花是在自在地翩飞，轻灵舒展，仿佛具有自由意志，仿佛不是花，而是梦，是人们意识深处无拘无束的梦。但翩飞的灵魂通常会遭遇不堪的现实，所以好梦不长，细雨无边，而人总是对这不可抗拒的现实无可奈何。

无边丝雨细如愁。人们所有的，除了自由自在的梦，就是梦醒后无边无际的愁绪，一如那无边无际的春雨。一个普通的春雨之晨，一个寻常的落花景象，只一个"似"字，一个"如"字，这景就与人融合了；只一个"轻"字，一个"细"字，那梦也好，愁也罢，就有了质感，就可以触摸，一定可以拿起，虽然难以放下。那大千就是我心之展露，我心虽小如芥，实可藏三千大千；心外无物，那物须是经过人的观照才显现出独具特色的存在。只有以心体物，物的存在才会成为心的显现。秦观有一颗善于观照之心，有一支善于描抹之笔，以心体物，以情融景，所以读他的词我们仿佛可以感受到他的内心，可以从这内心进一步去体会人世间的万事万物。

宝帘闲挂小银钩。梦在飞逝，愁在滋长。又是谁的梦？谁的愁？这梦应该是诗人的梦，愁应该是诗人的愁。但诗人分明是在描写对象。有宝帘，所以分明有窗，帘挂在银钩上，所以分明有人。春雨之晨，帘后站着一人，浴着漠漠轻寒，看着无边丝雨，涌着无际愁绪。诗人多思，所以人间有梦；诗人有愁，所以红尘多恨。但人有七情六欲，有喜怒哀乐，这些都不宜太过，须发而中节。诗词是一个很好的发泄渠道。优秀的诗能培养人类温柔敦厚的情感。优秀的诗人，其诗宜哀而不伤。人世间的哀怨、忧伤、愁绪，适足以成为人生的滋养，关键在于我们怎么去转化。消解人世的苦难需要一颗安定的内心。困穷卑微之际，正是所谓苦其心志、劳其筋骨、饿其体肤之时。此心不定，则叹贫嗟卑。诗人之心易感，要在其间拿得起、放得下实属不易。此词结句好整以暇，在两般事物和一个动作间安一个"闲"字，虽是在衬托帘后之人看雨楼上之长日孤寂，而实际上要非诗人诗心安定，体察入微，是很难想到这个字的，所以这个"闲"字也是诗人内心孤寂而宁静之映射。

秦观三十七岁始中进士，这之后大约有十年的时间相对平稳。四十六岁后宋哲宗亲政，他作为旧党与苏轼等人一同遭贬，从京城到杭州，到处州，到郴州，到横州，到雷州，地方越到越多，官越做越小，而年华也日渐老大。因此，他对于那种分别的不得已，对美好的难留，对命运的无可奈何，等等，特别上心。淮海词极善写愁，有写愁多的，如"困倚危楼，过尽飞鸿字字愁"（《减字木兰花·天涯旧恨》），"飞红万点愁如海"（《千秋岁·水边沙外》），这两句还只算是简单的比附;"便做春江都是泪,流不尽,许多愁"(《江城子·西城杨柳弄春柔》),这一句化自李后主,而春江、泪水与愁绪关连比附,极尽曲折之能事,直启李易安"直恐双溪舴艋舟,载不动,许多愁"。有不直接言我有愁,而是从对方角度着想,怕我一说出,而引出别人之深愁:"算天长地久,有时有尽,奈何绵绵,此恨难休。拟待倩人说与,生怕人愁"(《风流子·东风吹碧草》)。更有将愁拟人化的:"谩道愁须殢酒,酒未醒、愁已先回"(《满庭芳·碧水惊秋》)。句子清丽凄婉,往往出人意表。秦观的比方,能在本体、喻体之间建立起心灵之映射,铺叙,能在对象描述上曲尽其情,非一往情深,断难如此,真所谓千古之伤心人也。晚清民国之间深于词道的"江南通儒"冯煦,即以为淮海深具"词心"。他以词心观物,甚至于能奇境入梦。"春路雨添花,花动一山春色。行到小溪深处,有黄鹂千百。　飞云当面化龙蛇,夭矫转空碧。醉卧古藤阴下,了不知南北。"这首作于处州的《好事近·梦中作》,画面奇特,笔锋细腻,铺叙宛曲,如梦似幻,结句尤有遗世之意。不期五年后他路过藤州光华亭,醉渴思饮,待得水来,笑视而化。这句"醉卧古藤阴下"遂被人们视作其客死藤州之谶。秦观去世之际,虚岁才五十有二。他死之后,苏东坡情尤难已,不由深叹"虽万人何赎"(胡仔《苕溪渔隐丛话前集》卷五十引《冷斋夜话》)。

秦观曾经写过"有情芍药含春泪,无力蔷薇卧晓枝"这样的句子,以至于引来元好问"女郎诗"之讥。但秦观无疑是一个深具诗心之人,深得儒家修身之助,这使得他身处逆境中也能坚守根本,怨悱而不乱,从而让逆境中的磨难成为诗歌的素材,供旅途中体味咀嚼。在诗心的观照下,人间万事都可以成为他笔下美好的意象,尤其是那些寂寞中的女性,映衬的正是人类在人生旅行中的孤独。"风流不见秦淮海,寂寞人间五百年"(王士祯《高邮雨泊》)。打动我们的,是美,是孤独,是我们内心难以克服的柔软。

憔悴江南倦客

——读周邦彦《满庭芳·夏日溧水无想山作》

满庭芳·夏日溧水无想山作

/ 周邦彦 /

风老莺雏,雨肥梅子,午阴嘉树清圆。地卑山近,衣润费炉烟。人静乌鸢自乐,小桥外、新绿溅溅。凭阑久,黄芦苦竹,拟泛九江船。

年年,如社燕,飘流瀚海,来寄修椽。且莫思身外,长近尊前。憔悴江南倦客,不堪听、急管繁弦。歌筵畔,先安簟枕,容我醉时眠。

汉语中"观点"是一个相当有意思的词，因为通常眼观六路，人只要放眼，所见显然不可能只是一点。与之相应的还有"立场"一词，人所凭立显然只是脚下一双脚大的地儿，但却配之以场。观点通常取决于立场。所观虽六路，而要表达对事物的独特看法，则必须聚焦，因此所观必然聚焦到点。所立虽只是脚下一点，但当依据所立所见发表看法的时候，要么认同、要么趋同于这一点所在的广大区域，即所谓场。观点一词体现了看法的独特性，而立场，则表明人们的看法总是隶属或局限于一定的范围。一个人所处的位置不同、地位不同、经历不同、态度不同，甚至一时的情感波动不同，都会影响到观点。

在人类发展的历史长河中，人与人的观点，通常是大相径庭甚至是针锋相对的，尤其是在面对新事物、推行新做法、普及新观念时。在一个承平的时代，当万事万物按部就班地发展时，人们的观念大致会维持一种表面的一致，而当一些新情况出现，或试图做出一些改变时，冲突就会产生。历史上几乎所有的改革甚至改变都会遭遇极大的阻力，并极有可能两极分化，导致严重冲突甚至战争。身处其中，人们很可能被迫选边站队，很少有人能超脱事外，独善其身。在宋代，宋神宗继位不久，于熙宁二年（1069）任命王安石为相，启动变法，于是一场旷日持久的、波及数朝的纷争开始了。

熙宁新政初启之时周邦彦（本文关于周邦彦之生平主要依据沈松勤、黄之栋《词家之冠——周邦彦传》）年方十三岁。

他出生于钱塘，家世簪缨，是家中的幼子，上面有两个哥哥，还有一个高中进士任地方官的叔父。可能正是因为出生最晚，父母对他相当宽纵。他在带有自述性质的《祷神文》中说自己幼时"髧髦垂带"，而"父母仁慈，弗鞭弗笞"。他颇看不上普通人所关注在意的那些东西，"常人所庸，乃独舍之"，却"乐而忘疲"于探究诡异怪奇之事。也正是在这种宽容的环境中，他不是被迫研习科举，从而得以如《宋史》本传所言"博涉百家之书"。一个人某种程度上也展现为他之所读所思。所读既异，其行也必不同。所以与同时少年相比，他表现得"疏隽少检"，但也因而"不为州里推重"。直到元丰二年（1079），因为生员扩招，周邦彦才得以成为国子监两千名外舍生之一，此时他已二十有三，而王安石改革已进入到第十一年。与此同时，熙宁新政的反对派苏轼因"乌台诗案"差点丢了性命，最后由湖州知州被贬为黄州团练副使。时代因改革的持续而将裂口越撕越深。

历史的发展表明，政策越是宽松的时代，经济越能繁荣，市场会用看不见的手调节社会中的各种经济关系，促使社会关系的改进和经济利益的合理分配。汉之文景，唐之初盛，无不如此。而那些凡是试图加强王朝自身权力的改革，都如同拔苗助长，虽看起来风生水起，终不免如打鸡血，只能呈效于一时。经济受权力干预越多，越难以正常发展。历史上的改革之所以多以失败而告终，原因正是统治者试图扩大权力以干预经济。熙宁新政中的青苗法、均输法，其转运使、常平仓之设实际上都是以权力介入经济,在运行之初广受关注之下也许会有一定成效,但权力的不受约束与傲慢,必将导致运转不灵与腐败。像苏轼这样一肚皮不合时宜的人也正是看到了新法实行日久而弊端越多,而又不忍视若无睹,最终致使自己处在了朝政的对立面。

对于周邦彦来说,新法显然并非一无是处,至少朝廷在教育方面的做法使他成为受益者。任何时代、任何地方都不缺乏人才,缺的是使人才脱颖而出的社会与制度环境。在封建时代,读书人的出路主要在通过科举来为朝廷效力。所以像周邦彦这样于举业未所措意的人幸而遇到太学的这次扩招,才使自己不至于在地方因"疏隽少检"而沉沦。但也正因为个性中的疏隽因素使他绝少逢迎,因而长期难以薪露。直到神宗透露功绩有待歌颂,从而引发献赋之潮,他才以一篇"壮采飞腾,奇文绮错","令同时硕学,只读偏旁;异世通儒,或穷音释"(王国维《清真先生遗事》)的《汴都赋》而获知于皇帝。他也由一名扩招生而被任命为太学正,"声名一日震耀海内"(楼钥《清真先生文集序》)。这一年是元丰七年(1084)。可惜的是,隔年宋神宗就辞世了。继位的是不足十岁的宋哲宗,同时太皇太后高氏垂帘听政。垂帘的宣仁太后高滔滔启用旧党司马光为相,反对派因此执掌朝政,尽废新法,并于元祐四年(1089)制造了"车盖亭诗案",流放诗作者安州知州、前宰相蔡确于岭南。元丰时期反对党主要只有苏轼受到了重点打击,且也只被贬到了黄州,而元祐时期新党几乎全部受到清算，蔡确更是不予召回，死于贬所。这一做法连旧党中被誉为"三贤"之一的范纯仁也深觉不妥，他对另一位大臣吕大防说："此路荆棘七八十年矣，奈何开之？吾侪正恐亦不免年。"（《太平治迹统类》卷二十五《蔡确新州之行》）结果不幸言中。元祐八年（1093）哲宗亲政后新党卷土重来，一系列的举措变本加厉，冤冤相报，没有最狠，只有更狠。

作为新法的受益者，周邦彦也受到波及。元祐二年（1087）他的太学正一职任期未满就被外派到了庐州，做州学教授。此后沉沦下僚，州县辗转，三年后教授荆州，到元祐八年改任溧水县令。这首《满庭芳》正是作于他的溧水任期。

《满庭芳》调有平韵与仄韵两体，《钦定词谱》引《太平乐府》注为中吕宫。平韵体以晏几道与周邦彦此词为正体，双调九十五字，前后段各十句，通常各四平韵，而此词则在下片开头二字暗藏一韵，即"年年"，故有五韵。

本词有题注"夏日溧水无想山作"，当是作者自注。溧水在南京东南，是江宁府属县之一。无想山，据宋周应台《景定建康志》卷二十一，韩熙载读书堂在溧水无想寺中，《韩熙载集》有赠寺僧诗"无想景幽远，山屏四面开"，盖寺以山为名（罗忼烈《周邦彦清真集笺》）。"无想"是佛家名词，可与"无念"合称"无念无想"。念想是心之官能，无念无想不是否定心及其官能，而是指要远离妄念妄想，诸境无碍而得解脱。《金刚经》中说，一切众生之类，"若有想若无想，若非有想非无想，我皆令入无余涅槃而灭度之"。或以为识处名有想，而无所有处名无想。

下面据《片玉集》版分韵试析。

风老莺雏，雨肥梅子，午阴嘉树清圆。

首韵莺老梅肥直应题注，表明已是夏日。梅子或为雨所催肥，莺雏则必非风所吹老。而"老"与"肥"，两个形容词配上主语"风"和"雨"，便顿改词性，作了动词，而这种词性由形容词向动词的改变，使得人们仿佛不仅仅看到事物瞬时的状态，还能感受到改变的历时的过程。"午阴嘉树"则交代了具体时间和地点。嘉树，南宋曾慥编选的《乐府雅词》作"槐影"。无论声容还是意蕴，槐影都不及嘉树。树而修饰以"嘉"，情感因素的注入立马使得自然景物具有了人情的温度。槐影过于指实，不过却透露出当年无想山中当是槐树遍植，绿荫满地。槐通常树型高大，所以树荫清而且圆。树荫清圆，也表明梅雨暂停，太阳当空。

地卑山近，衣润费炉烟。

这一韵"卑""近"与"润"三个形容词，紧接上韵，精细地描绘了梅雨时节的相关情形，可以看作是上一韵的补足。因了梅雨，且因为地理位置卑下近山，所以衣裳时常湿润难干。"润"字在句中也可理解为动词，即变润、变湿，表原因，作状语。衣因变润而颇费炉烟。炉，主要用于烘熏。"衣润费炉烟"句，注家多引诗以证"润"字来历，如俞平伯即引杜甫《自阆州领妻子却赴蜀山行三首》之二"衫裹翠微润"（《唐

人间美词·140

五代／董源／夏景山口待渡图（画芯）

宋词选释》），罗忼烈还引唐贯休《寄王涤》"梅月多开户，衣裳润欲滴"（《周邦彦清真集笺》）。梅月，也就是梅雨时节。实际上类似的用法还有唐王维"山路元无雨，空翠湿人衣"（《山中》），令狐楚"山霞侵衣润"（《秋怀寄钱侍郎》）。

但在此句中，"润"字并非句眼，"费"字才是。不过诸注家都忽略了该字。清初沈雄在《古今词话·词品》中说："周美成'衣润费炉烟'，谢勉仲'心情费消遣'，晏小山'莫向花笺费泪行'，本于'学书费纸'之'费'。"沈氏注意到了该句"费"字的重要性，也试图探寻其渊源，但他所追溯到的却是一句俗语，见于《欧阳文忠公集·试笔一卷》。而更可能，清真此字化自岑参"胡沙费马蹄"（岑参《碛西头送李判官入京》），以及杜甫"畲田费火声"（杜甫《戏作俳谐体遣闷二首》之二。火声，或作火耕）。清真词多用汉、魏、六朝人语，更"善融唐诗"（《周邦彦清真集笺》卷首语，张祥龄《词论》），尤其是杜诗。上一韵中，"风老莺雏"，可从小杜"风蒲燕雏老"（《赴京初入汴口，晓景即事，先寄兵部李郎中》）看到影响，而"雨肥梅子"，则显然来源于老杜的"红绽雨肥梅"（《陪郑广文游何将军山林十首》其五）；"午阴嘉树清圆"，当融自刘禹锡"日午树阴正"（《昼居池上亭独吟》），以及杜甫"昨夜月清圆"（《舟中》）；甚至此句中"地卑山近"，虽属写实，而因为上片结韵有"黄芦苦竹"句，俞平伯就以为此处当兼用了白居易《琵琶行》"住近湓江地低湿，黄芦苦竹绕宅生"句意（《唐宋词选释》，俞氏所引误"溢江"作"溢城")。

人静乌鸢自乐，小桥外、新绿溅溅。

乌鸢，当指乌鹊。《吴越春秋·勾践入臣外传第七》："越王勾践与大夫文种、范蠡入臣于吴，群臣共送至钱江之上，'越王夫人乃据船哭，顾乌鹊啄江渚之虾，飞去复来，因哭而歌之，曰：仰飞鸟兮乌鸢……'又哀吟曰：'彼飞鸟兮鸢乌……'"越王夫人所歌分两韵，一鸢韵，一乌韵，所以前用乌鸢，后用鸢乌。而乌鸢也好，鸢乌也罢，皆越王夫人据船所见之乌鹊。

多有注家分乌与鸢为二鸟，当属纯据字面，未考词源。俞平伯以为乌鸢典当出自《左传·襄公十八年》记平阴之战"乌乌之声乐，齐师其遁"句意，称"乌乌""乌鸢"字面虽有别而意可通。俞氏还找到了"乌鸢"一词的最早出处，即《周礼·夏官》所言"射鸟氏……以弓矢殴乌鸢"，并引《尔雅·释鸟》"鸢，乌丑，其飞也翔"，推测古人将鸢当作乌类，所以二字连举。(《唐宋词选释》)

俞氏对本句句意及乌鸢词源的考索极见功夫。周邦彦曾为太学生，对儒家经典尤其是《周礼》《春秋左传》显然应花过功夫，但周邦彦是钱塘人，应该更熟悉反映吴越历史的《吴越春秋》。而在《吴越春秋》中乌鸢已连用，且指向的是乌鹊。所以乌鸢不是乌与鸢两种鸟，而是一种鸟，就是指乌鹊。当然，因平仄需要，此六字句第三到第五字需要两个连续平声，所以乌鸢在这里应该是被选中作为鸟类的代表，虽词面指的是乌鹊，但实际上应该是指代各类小鸟。

"人静乌鸢自乐",最早为周词作注的陈元龙引证杜诗"人静乌鸢乐",而俞平伯等"检今本杜集"发现没有这一句,推测是老杜佚诗或陈误引。

这第三韵"人静"句,回应的是第一韵中的午阴清圆。在梅雨天中,好不容易遇到一个短暂的晴和时光,便出门透气,观景散心,享受阳光,也晒衣去湿。但毕竟夏阳骄暴,不宜久晒,所以大树底下好乘凉,遇有嘉树,便心醉午阴清圆。而据下韵,大树边似有围栏,所以午阴下凭栏久立,不觉人天俱静,然后小鸟们便开始飞来飞去,各得其乐。人静雀喧乐,这一现象唐代不少诗人都有描写,如司空图《山中》"凡鸟爱喧人静处"、李华《长门怨》"鸦鸣秋殿晓,人静禁门深"、温庭筠《春初对暮雨》"雀喧争槿树,人静出蔬园"等。而与众诗人不同的是,周邦彦在"乐"前加了个"自"字,境界便立有不同。乌鸢自乐,更能显人之静,结合下片,还有人之苦,只有人静与天合一,鸟雀方能各逞其性,而鸟雀越乐,越显人之苦。此句极耐咀嚼,正如周济《宋四家词选》对此句的批注"禅味最远"。

而在一种静谧中,除了看鸟雀自乐,还能听到不远处的流水声,所以接着写"小桥外、新绿溅溅"。绿,《古今词统》《宋元诗会》等选本作"渌"。溅溅,平声,音笺笺,水流疾貌或水声。从溅溅形容水声来看,"绿"当作"渌"。这一韵极有可能受到韩冬郎《秋村》"远田人静闻水行"的启迪。当然,《木兰诗》"但闻黄河流水鸣溅溅",白居易《引泉》"为我声溅溅",也当对此句的写作有直接的影响。

凭阑久，黄芦苦竹，拟泛九江船。

上一韵方从寂静中听到新渌流溅之声，这一韵便紧接着联想到江，且具体还是九江。何以是九江？因为当年白居易被贬为九江司马，送客湓浦口闻长安倡女琵琶声，有感于"同是天涯沦落人"而作《琵琶行》，而所居之浔阳地僻，"住近湓江地低湿，黄芦苦竹绕宅生"。周邦彦从太学正下派，久在庐州、荆州与溧水三地辗转，天涯沦落，情形与白居易正相类似，而且溧水为"负山之邑"（强焕《题周美成词》），"地卑山近"，同样生有"黄芦苦竹"，而且可能正因为有意无意在身世上认同白居易，所以所见所感不知不觉就与之趋同，凭阑静久，水声溅溅，芦竹摇曳，以至于仿佛如同白司马身在九江之船。拟，《乐府雅词》本作"疑"，是。拟有揣度义，也有比拟义。所以即使作"拟泛"，也当释作疑泛，而不当释作打算去泛。

整个上片围绕梅雨夏晴动笔，笔触如同流水，回环而又顺疾。

年年，如社燕，飘流瀚海，来寄修椽。

下起接以社燕，乍看似与上片无关，实则随后的"飘流"与"寄"两词之所透露，与上结凭栏静立之所恍惚，所要表达的都是一种漂泊的情绪。社燕是候鸟，春社来秋社去，年年来去，飘流瀚海，身世如寄。

燕子一般在房子的檩椽间做窝，结合尾韵"歌筵畔"，可以大致推测，词人午阴静立，听到流水之声，看到黄芦苦竹，恍觉如白司马贬泛九江，便到酒家，又见到穿户往来之社燕，因而大起身世之感。

在《瑞龙吟》中，周邦彦访人的时候，见到的是"定巢燕子，归来旧处"。同样一只燕子，因要表达的内容不同，所给的名字也不同。同样是寄身，一修饰以"定巢"，突出的是安居，一名之以"社"，强调的是飘流。

且莫思身外，长近尊前。

词的上下两片，一片写景则另一片言情，或反之。此词上片写景，下片接以社燕修椽，看似仍在描写自然，而第二韵"且"字一转，笔锋立换。"莫思身外，长近尊前"，就身世直接以一种否定的语气来发生一种肯定的联系，也径直将老杜《绝句漫兴九首》之四"莫思身外无穷事，且尽生前有限杯"一联截去后三字，另将"生前"改作"尊前"，不期截短后张力陡增，言愈不尽，意愈无穷。

憔悴江南倦客，不堪听、急管繁弦。

憔悴，《孟子·公孙丑上》有"民之憔悴于虐政"句，乃受苦虐之意，《渔父》篇中有"屈原既放，游于江潭，行吟泽畔，颜色憔悴，形容枯槁"句，乃瘦病之意。此韵"憔悴"一词与"倦"字密切关联，乃心力交瘁、疲倦之意。正因如同社燕，客居江南，身心疲倦，所以"不堪听、急管繁弦"。急管繁弦，本来是欢娱场合所吹弹，如谢灵运《顺东西门行》"酌芳酤，奏繁弦。惜寸阴，情固然"，白居易《江南喜逢萧九彻因话长安旧游戏赠五十韵》"急管停还奏，繁弦慢更张"，而在杜甫,一首《陪王使君》却道:"不须吹急管,衰老易悲伤。"身心憔悴,听欢音不免更悲。

歌筵畔,先安簟枕,容我醉时眠。

下片从"且"字引领开始到全词结束,一气呵成。"长近尊前",表明想喝酒。孟元老《东京梦华录》自序中说,宋时汴京"新声巧笑于柳陌花衢,按管调弦于茶坊酒肆"。当时酒馆通常备有声乐侑酒。而当他来到酒家,由于心境,像老杜一样,"不堪听急管繁弦",直欲"且尽尊前"。而饮多易醉,醉则欲眠,又醉后多不省事,所以饮前要先备好簟枕。

"容我醉时眠",令人首先想到李白的名句:"我醉欲眠卿且去,明朝有意抱琴来。"(《山中与幽人对酌》)而太白诗典出陶渊明。《宋书·陶潜列传》记载:"潜若先醉,便语客:'我醉欲眠,卿可去。'"

最早为周词作注的陈元龙还引东坡诗《李行中秀才醉眠亭》:"君且归休我欲眠,人言此语出天然。醉中对客眠何害,须信陶潜未若贤。"周邦彦比苏轼小二十来岁,算侄辈。俞平伯先生以为清真此词未必引用了苏轼,虽诗意相合,也当属偶同。(《唐宋词选释》)苏轼此诗当作于熙宁七年(1074)他从杭州移密州而与众友短暂聚于湖州之时,此时新政已实施五年有余而弊端已显,作为反对派的他对朝政每多牢骚而无能为力,"醉眠"这一意象也就最为像他这类一肚皮不合时宜的在外士大夫们所喜。而当时同为醉眠亭题诗的还应有张先、李公择、陈令举等人,据东坡《记游松江》,他们还夜泛松江，置酒垂虹亭。名士们的诗酒之会应该很快就会声名远播，周邦彦应该知晓并极有可能读过苏诗，而且鉴于世事，也应该对陶公醉眠典及东坡新解别有会心。

周邦彦可能读过苏轼的另一个证据是前释"乌鸢"一词。苏轼在元丰元年（1078）从密州移知徐州时遇州郡大旱求雨，得雨后往石潭酬谢，因描写道中见闻而写下五首《浣溪沙》，其二中有句云"乌鸢翔舞赛神村"，也使用了"乌鸢"一词。苏轼在元丰二年（1079）因"乌台诗案"而被贬为黄州团练副使，到周邦彦就任溧水，相隔十五年左右。十五年中苏轼人虽被贬，而诗词的影响却越来越大。尤其"乌鸢"一词，触发清真居士使用的，到底是《吴越春秋》，是《周礼》，是李杜（李白、杜甫诗中也出现过该词，只是作意不同，如"乌鸢啄人肠"），是司空图、温庭筠，还是苏轼？倒真难说。

只是两人于政见上属于不同阵营，当然也可能还有性格等原因，使得两人生平没有见诸记载的交集。

下片中虽流露出颓唐的情绪，在梁启超看来，出语却"最含蓄"（《艺蘅馆词选》）。陈廷焯《白雨斋词话》也说："此中有多少说不出处，或是依人之苦，或有患失之心。但说得虽哀怨，却不激烈，沉郁顿挫中别饶蕴藉。"

周邦彦此词使用形容词可谓出神入化，在上片中，无论是直接作动词用的"老"与"肥"，还是纯粹作形容词用的"嘉"，还是表语性或状语性动词化了的"清圆""卑""近""润"以及"静"等字，都可看出清真词体物之细微，甚至一个极其寻常的"新"字,"新渌溅溅",也可以感受到作者因梅雨时间长隔而忽见渌涨之约略的欢欣。下片起韵中"修"字,修长颀美,也表明作者心中自有一个美的标准,所以很在意字词的选择。第三韵中的"急"与"繁"还算是某种状态的自然描绘,而"憔悴"与"倦"则情感色彩浓厚。形容词通常都带有人类情感的因素,如善于驾驭,便能很好地融情于景。清真词讲究清与真,很大程度上与周邦彦善于融化前人清词雅句,以及善于使用清雅真纯的形容词以描绘相应境界相关,而要做到这一点,除了腹笥之富,更须性情之真。

主张诗品出于人品的刘熙载对周邦彦颇有看法,在其名著《艺概》中以为其词信虽"富艳精工,只是当不得一个贞字",又说"周美成律最精审,史邦卿句最警炼,然未得为君子之词者,周旨荡而史意贪也"。因此"贞"很大程度上是相对于"荡"的。诗品显然关系到人品,但就知人论世而言,知人实际上是相当难的。比如对于周邦彦,除了刘熙载所称的其词不贞而荡,还有斤斤于其献诗奸相者。对于前者,词不同于诗,往往为筵席上应歌而作,这些应歌之词多为应景之"无谓"之作,似不宜准此以论人。而其用心之作,则讲究清真。如果卸下道德的有色之眼,词旨之荡所体现的实际上正是情感之真。而于后者,近千载以来,一方面是因为史料的稀缺,另一方面,仅有的一些记载,也往往张冠李戴。比如张端义《贵耳集》记载徽宗幸李师师家,周避匿床下,因听两人私谑语而作《少年游》:"并刀如水,吴盐胜雪,纤手破新橙。

锦幄初温，兽烟不断，相对坐调笙。　　低声问，向谁行宿，城上已三更。马滑霜浓，不如休去，直是少人行。"王国维《清真先生遗事》便力予驳斥，以为"此条所言尤失实"，因为据《宋史》徽宗本纪等记载，徽宗微行当始于政和而极于宣和，而政和元年（1111），"先生已五十六岁，官至列卿，应无冶游之事"。从词旨来说，此词词牌名《少年游》，应该正是取其本义，可以推测为周邦彦到京城不久所作，虽涉及少年情事，而铺叙如行云流水，文词清雅，情感暗蕴，可称得上是人间美好的一个精细截面。如果以"向谁行宿"，甚至以野史传闻而诘其勾栏行径，则世无完人。

关于献诗，王明清《挥麈余话》记周美成在蔡京生日献诗，蔡大喜，召为秘书少监，复荐于上，诏再进《汴都赋》，王国维下的断语是"此条所记抵牾最甚"。蔡京是世之所谓奸臣，献诗而获进用则有损清誉。王国维以为重进《汴都赋》在哲宗元符之初，不在蔡元长用事之后，献诗则作于崇宁、大观制作礼乐之后，先生已位列卿。所以"先生非由元长进用亦可知"。王国维的考证表明周之献诗不是干谒式的拍马，他所献之句"化行禹贡山川内，人在周公礼乐中"应当是他对继续推行变法的在位宰相的一次礼节性的赞美。虽然蔡京后来过于不得人心，但这次献诗显然不应当作为污点。

而且周邦彦早在做太学生时就写过一篇《足轩记》，探讨过什么是"足"，他说："心为物役，景与时变，志愿所逐，致死而已，岂得为足？若欲尽物而后为足者，天下无有也。"

又说：“吾于万物，不观其色而观其真，不观其形而观其理，天下之广，山海之富，有形之象，不必目历而物数，故无往而不足。”反之，"越内外之度而驰之万物，是为漏卮铜管，其中歉然无物可实，故无往而足。"这种深受道家影响的满足观也可与他的性格相印证。《宋史》说他"疏隽少检"，他本人也在哲宗元符元年（1098）重进《汴都赋》时说自己"命薄数奇，旋遭时变，不能俯仰取容，自触罢废，漂零不偶，积年于兹"，在与友人的通信中，说自己之所以出来做官，是因为"食贫所驱"（《友议帖》），南宋为他编文集的攻媿主人楼钥在《清真先生文集序》中说他"学道退然，委顺知命，人望之如木鸡，自以为喜"。他应该正是一个对很多问题有深入思考而又性情疏隽不肯随便"俯仰取容"的人，所以即使到了哲宗亲政，作为一个曾经的新法赞颂者与受益人，或作为一个保守派执政时的受冷落者，他没有因此而获升迁，反而在溧水任上待到了绍圣三年（1096）冬。直到一年多后哲宗改元为元符（1098）他才重获召见。王国维说他"于熙宁、元祐两党均无依附"，这个说法应该比较准确。

值得特别一提的是他在溧水时的政绩。据在他之后八十余年继任溧水县令的强焕所言，待制周公"为邑长于斯，其政敬简，民到于今称之，固有余爱"（强焕《片玉词》序）。普通民众对于掌权者，实际上都只是希望他们能提供一个清明安定的环境，而对生活则尽量不做太多干涉。道家的老子主张无为而治，以为"治大国若烹小鲜"。对于烹治小鱼小虾，切不可频繁翻炒。治理民众也一样，宜尽量放权，而不是政令频出。规则越公开透明，权力行使越规范公正，社会发展也就越健全繁荣。周邦彦治理地方只秉承一个"简"字，尽量不让权力张牙舞爪，就使得民众八十余载后还能不忘其政，爱敬其诗词。

　　周邦彦无疑是一个崇道敬简不事俯仰自具真性之人，且由于精通音律，阅览广博，他对美有独特的感受与看法。他自号清真居士，所谓清，与水之澄澈相关，因澄澈，故清洁、清净，也清明、清凉，进而清雅、清恬，甚而清白、清正。所谓真，据《说文》，本义是仙人变形而登天，引申为真诚。《老子》谈道之为物时说"窈兮冥兮，其中有精，其精甚真，其中有信"。这里的"真"类同于佛家真实不虚之意。清真，从自然的角度来看，指事物之清澈真实；从心灵的角度而言，指情感之清恬真纯；从修行的角度来说，则指本原之清净本真。而居士，在佛家是指在家修行之人。清真居士，一个崇道的儒士而以佛家居士作号，体现了传统读书人在出处上的复杂性。他肯定不是那种具有澄清天下之志的人，但他追求清净本真，力图以本心而遇逢自然与社会。自然与社会肯定不完美，但人类的心灵一定要具备美，只有美的心灵才具备发现美的眼睛。对于周邦彦，可以说正因其心灵之清恬真纯，我们也就能欣赏到他笔下清雅纯真的景与人。清真，既是他修行的标的，也是他写作的标杆。

　　他雅不愿适己就人，所以创作这首《满庭芳》时已在地方辗转多年。词中"憔悴江南倦客"可以说是理解此词的关键。倦是心灵上的一种疲怠状态，这种疲怠，多出于理想与现实的冲突。人生不可没有目标，但目标越高，则在现实中遭遇到的挫折越大，而心越容易疲倦。解释之道，妙在善陶写而不自放弃。此词上片清词丽句之所描绘，可以使我们体会到作者笔触之清丽，而下片沉词重调之所倾泻，也使我们体会到作者情感之纯真。这种纯真，是理想遭遇现实之所折射，因纯而沉，因真而郁，带着一些颓唐，却绝未颓废。在一个教人憔悴疲倦的污浊俗世，我们也许避之无计，但不妨拿起笔，以心中所葆有之清真去描绘那日渐稀缺甚至是稍纵即逝之美。

日晚倦梳头

——读李清照《武陵春·春晚》

武陵春·春晚

/ 李清照 /

风住尘香花已尽,日晚倦梳头。物是人非事事休,欲语泪先流。

闻说双溪春尚好,也拟泛轻舟。只恐双溪舴艋舟,载不动、许多愁。

《世说新语》记载，王戎丧子，悲不自胜，面对好友劝解，说："圣人忘情，最下不及情，情之所钟，正在我辈。"《陶庵梦忆》称："人无癖不可与交，以其无深情也。"生而为人，最不可思议的事情是人生而有情。而生涯百年三万六千日，虽不算长，但也不算短，这漫长而又匆匆的人生如果无情不免似冬江一般枯淡，而正因有情才恰如春水一般奔腾。人之情常常需要一个附着处，因此那些情感丰沛之人往往移情于物，形成一些特殊的癖好，所谓不为无益，何遣有涯。情不深，癖不特。癖特固已不易，癖特而遇同好则属难能，癖特同好且结为夫妇无疑就弥足珍贵了。

赵明诚、李清照便是这样一对夫妇。他们结缡于宋徽宗建中靖国元年（1101）。

神宗继位以后的宋朝是一种非常特别的存在，他开启的新政导致了此后旷日持久的纷争，在他以后的每一位实际掌权人所做的第一件重要的事，就是拨乱反正。而所谓乱，就是上一位掌权人所推行的做法。这种情形就像在狭窄的小河中撑船，对于新手，贸然出竿，船不易按河道行驶，往往会撞到河岸，而一番调整之后，船头又会撞向另一边。神宗之后的宋朝就是这样不停地左碰右撞，经高后、哲宗，而在哲宗元符三年（1100）正月传到已十九个年头实际却十七岁刚过三个月的徽宗，由皇太后向氏垂帘。向太后应该有意纠偏，所以在新皇即位后即大赦天下，并在按惯例第二年改元时将年号定为建中靖国，试图持守中正，宁靖邦国，被贬的旧党如苏轼也获赦北还。

但向太后在改元后即于新正间辞世,徽宗亲政,次年改元崇宁(1102)。所谓崇宁,就是崇尚熙宁,史上臭名昭著的人物蔡京由此走向历史舞台中央,出任右相,元祐法遭焚,元祐党人也被一一登记在册,崇宁四年(1105),甚至由擅瘦金体的皇帝御笔亲书,并刻石立于百官上朝皆须经过之端礼门,蔡京自己则另书大碑,颁于州县。

皇权专制的一个重要体现是,一旦帝王做出了决定,金口玉言,便极难改变。每一个政策,对于决策者往往只需一纸之书写,或一石之刻制,而政策影响所及,金口中的一点唾沫,对于承受者便是灭顶洪流。而要改变政策,除非天呈异象,因为皇权天授。这个改变的机会出现于崇宁五年(1106)。春正月戊戌,彗星出西方。乙巳,以星变诏求直言,毁元祐党人碑。丁未,太白昼见,赦天下,诏除党人一切之禁,元祐党人也渐获叙复。而宋徽宗一开始虽被天象吓得不轻,甚至还罢了蔡京的相位,但刚刚一年,就又起复为尚书左仆射兼门下侍郎。

政治就像是天气,不时就会风云突变。而生活于其中的人们通常都期盼风调雨顺。无论是平和还是狂暴,丰收还是灾荒,正常还是不常,土地都以其宽厚加以容纳,从而成就人间。在一个不时抽风的时代,人们便更加珍惜政通人和的短暂间歇。哲宗死后,当看到元祐臣僚叙复,苏轼获赦北归,礼部员外郎李格非便趁机做了一件大事。他对吏部侍郎赵挺之的小儿子赵明诚非常满意,尤其是这个小伙子为了征得其父允准还特别编了一个梦，说是梦见到一处读书，醒后只记得这样几句：言与司合，安上已脱，芝芙草拔。这种小儿科的文字游戏当然难不倒同样饱读诗书的赵父。赵挺之也因此明白儿子是想做"词女之夫"，便向当时家有才女、词名正噪的京城李家提亲。李格非也应该早从陈师道等朋辈口中得知了这位"颇好文义"、喜收藏苏黄诗文，而且还有些"失好于父"的赵家三公子，就将自己年方十八的女儿李清照嫁给了他，虽然他已年至二十一，还在太学做学生。

李清照（1084—1155），自号易安居士，宋齐州章丘明水人，少有诗名，尤工于词，为婉约之宗，著有《李易安集》等，多不传于世，到明代才有毛氏汲古阁辑刻《诗词杂俎》，收录《漱玉词》，仅得词十七阕，王鹏运四印斋刻本方增至五十首。

李清照家庭背景显赫，虽然她在《金石录后序》中称"赵李族寒"，这里的寒，指的是家族。而实际上，赵明诚之父已为吏部侍郎自不必说，其祖也曾在大名做过官。至于她自己这一边，她曾有《上枢密韩肖胄诗》，诗序中称"有易安室者，父祖皆出韩公门下"。这话可能稍有不实，因为韩公指韩肖胄之曾祖韩琦，卒于熙宁八年（1075），而其父李格非中进士则是在熙宁九年（1076），其中透露出其祖乃至其父必然曾受到过韩琦之荐引。我们从而知道，赵李夫妇至少属于官三代。

更有意思的是，当李格非高中进士不久，就被宰相王珪相中，招为女婿。王珪在元丰中为丞相，据庄绰《鸡肋编》，其父准、祖赟、曾祖景图，皆登进士第。而王準这一房有四个儿子,有孙婿九人都为进士出身,还有两个曾孙婿秦桧与孟忠厚同时拜相开府(这也就意味着,历史上最著名的奸臣是李清照的表妹夫)。而据李清臣《王文恭公珪神道碑》,李格非是王珪之长婿,时为郓州教授。只是王氏在李清照出生后不多久即早逝,在李清照八九岁时,李格非再婚,所以我们今天在《宋史》李格非本传中看到的是:"妻王氏,拱辰孙女。"这个记载与1976年3月在河南伊川窑底村发现的王拱辰夫人墓志铭(《懿恪王公夫人和义郡夫人薛氏墓志铭》)相符:"孙女三人,长适左奉议郎、校对秘书省黄本书籍李格非。"王拱辰是与欧阳修同科的状元,且两人还是连襟,先后互为妻姐夫。这样李清照既有一个世代簪缨的外家,还有一位曾高中状元的继曾外公,以及一位文名卓著、谥号文忠的继曾姨外公。

赵家与李家实际上是在两个不同的阵营,赵挺之站在变法的一方,而李格非则身处保守的营垒。也因此赵父不断高升,而李父因名列元祐党籍而不断遭受打击。好在赵明诚、李清照夫妇皆喜金石,共好文义,志同道合,国家大事虽对双方家庭有所影响,但并未过于妨碍两人之感情。他们在一起共同生活了二十八年。《金石录后序》中记述了不少他们一生中同好金石、醉心文义温馨的瞬间:"每朔望谒告,出质衣,取半千钱,步入相国寺,市碑文果实。归,相对展玩咀嚼,自谓葛天氏之民也。""每获一书,即同共校勘,整集签题。得书画彝鼎,亦摩玩舒卷,指摘疵病,夜尽一烛为率。""余性偶强记，每饭罢，坐归来堂烹茶，指堆积书史，言某事在某书某卷第几叶第几行，以中否角胜负，为饮茶先后。中即举杯大笑，至茶倾覆怀中，反不得饮而起。甘心老是乡矣。"

可惜这种胜于"声色狗马"，"几案罗列，枕席枕藉，意会心谋，目往神授"之乐并不长久。到靖康丙午（1126）正月，金兵打到汴京城下，逼宋议和，这时赵明诚正守淄川，感觉大事不妙，看着盈箱溢篚之物，"知其必不为己物矣"，不禁四顾茫然。世间的事物总是得失参半，祸福相倚。聚的时候有多快乐，散的时候就有多痛苦。到建炎元年（1127），靖康难作后，原先精挑细选的欢愉一变而为恋恋不舍。当被迫南迁，"长物不能尽载"，于是：

> 乃先去书之重大印本者，又去画之多幅者，又去古器之无款识者，后又去书之监本者，画之平常者，器之重大者。凡屡减去，尚载书十五车。至东海，连舻渡淮，又渡江至建康。青州故第尚锁书册什物，用屋十余间，期明年春再具舟载之。十二月，金人陷青州，凡所谓十余屋者，已皆为煨烬矣。

更大的不幸还在后面。建炎三年（1129）夏，赵明诚冒暑奉召赴行在，因感重疾，疟且痢，终于秋八月十八日不治而逝。在奉召前被问及遇到紧急情况该怎么面对时，说："从众。

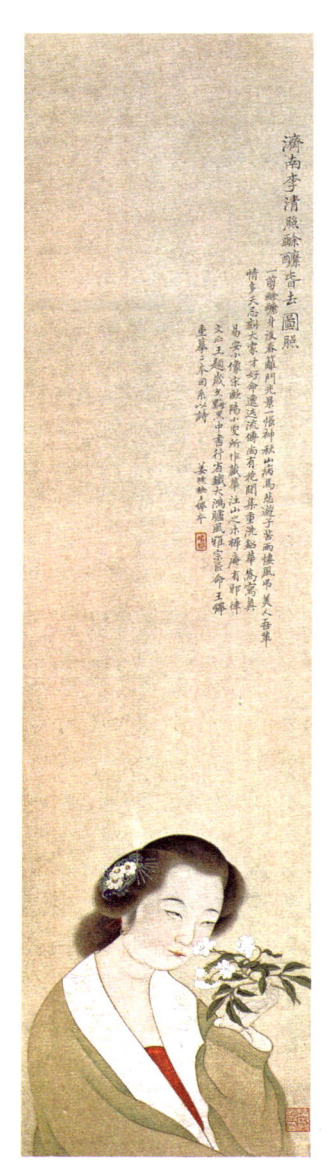

清／姜壎（传）／济南李清照醉醺春去图照

必不得已，先弃辎重，次衣被，次书册卷轴，次古器。独所谓宗器者，可自负抱，与身俱存亡，勿忘也。"赵明诚去世后，李清照也大病一场，"犹有书二万卷，金石刻二千卷"，因赵有妹婿任职兵部侍郎，从卫在洪州，本想跟去，且先期将行李投往，结果金人很快打下洪州。这一次的损失是"所谓连舻渡江之书又散为云烟矣"。只剩下些"少轻小卷轴书帖，写本李、杜、韩、柳集，《世说》《盐铁论》，汉唐石刻副本数十轴，三代鼎鼐十数事，南唐写本书数箧"，这一些能得"岿然独存"，实因"偶病中把玩"，搬在卧室之内的缘故。

在宋高宗即位的头几年，因外敌的入侵，整个朝廷处在一种严重的动荡之中。身为朝廷官员的亡妻，李清照追随皇家的行踪，流离辗转，到台，之剡，出睦，逃至黄岩，雇舟入海，之温，之越，建炎四年（1130）十二月之衢，绍兴元年（1131）春三月复赴越，绍兴二年（1132）又赴杭。在这样一种动荡中，那些曾经节衣缩食得来的，甚至可以说是一种心灵外现的各色物品，都成为逃生的累赘，况且还有各色觊觎之眼紧盯。早在建炎三年（1129）赵明诚病危之际，就有人造谣说他送金人玉壶，甚至向朝廷告密。这个一时之间空穴突来的"颁金"之语，让李清照惶怖不已，因"尽将家中所有铜器等物，欲赴外廷投进"，以期有所表白。但这个朝廷总追不上，而她寄到剡中的包括写本书在内的收藏，都在官军收拾叛卒时取去，"尽入故李将军家"，这样当日"岿然独存者，无虑十去五六矣"。最后剩下来的，"惟有书画砚墨可五七簏"。

这些最后的宝贝，李清照"更不忍置他所，常在卧榻下，手自开阖"。但当她绍兴元年（1131）春再次来到会稽，也就是越州，"卜居土民钟氏舍"，一天晚上，小偷凿开墙壁，偷走了五簏。李清照悲恸不已，只得立赏收赎。两天后"邻人钟复皓出十八轴求赏"。她知道"其盗不远"，但万计求其余还是不可得，后来听说是被一位叫吴说的转运使贱价买去。赵李收藏，最终十去七八，手头所有的，也就一二残零不成部帙书册、三数种平平书帖而已。四百多年后明代官至内阁首辅的张居正读了李清照《金石录后序》后，任职吏部时遇一浙江口音钟姓人士，恨意难消，竟以开除。

李清照《金石录后序》吕无党抄本落款的时间是"绍兴二年玄黓岁壮月朔甲寅"。太岁在壬曰玄黓，绍兴二年（1132）岁在壬子，壮月是八月，朔是初一，这表明这篇后序为绍兴二年八月初一写定，正文中提到的最后时间也是壬子。序文最后一段说"余自少陆机作赋之二年，至过蘧瑗知非之两岁，三十四年之间，忧患得失，何其多也"。杜甫诗称陆机二十作《文赋》，《淮南子》称蘧伯玉年五十而知四十九年之非，则从十八至五十二，正好三十四年。比李清照稍后的洪迈在《容斋四笔》中也记载李作后序时为五十二岁，但时间是在绍兴四年（1134）。疑问在于，如李清照建中靖国元年辛巳（1101）年十八嫁与赵明诚（《金石录后序》"余自建中辛巳，始归赵氏"），则到她五十二岁时为绍兴五年（1135）。这中间有两三年的时间差。王仲闻《李清照集校注》据宋人《瑞桂堂暇录》明抄及《容斋四笔》等记载,从版本角度,综合各家意见,不得已求其次,定作序年为绍兴四年(1134),李清照时年虚岁五十一。今流传的吕无党抄本虽言之凿凿为"绍兴二年玄黓岁壮月朔甲寅",但王仲闻发现这年以及绍兴四年和五年八月朔都非甲寅日,所以此语为后人添加无疑。明代著名藏书家徐惟起在《徐氏笔精》中说:"今各书所载《金石录序》皆非全文,惟余家所藏旧本序语全载。"惜乎其藏不传,但其所言表明李文在流传过程中多有改动。

绍兴二年(1132)注定是李清照生命中极其特别的一年,虽然《金石录后序》基本被认定不太可能作于此秋,但这年夏秋间却还有一件聚讼更加纷纭的大事,那就是李清照再婚离异事。今人黄盛璋特别撰有李清照《改嫁新考》,汇总了宋人七种史料,其中明确提到李清照改嫁的有三种,即比李清照稍后的胡仔《苕溪渔隐丛话》,与李清照大致同时的王灼《碧鸡漫志》,以及比胡仔略小的洪适的《隶释》,一言"易安再适张汝舟,未几反目",一言"再嫁某氏,讼而离之",一言"赵君无嗣,李又更嫁"。这三本书后一本成书稍晚,前两本成书于绍兴二年后十六七年,李清照尚在人世。胡书甚至还提到"有启事与綦处厚"。这个启事即所谓《投内翰綦公寯礼启》,见载于七十多年后成书的赵彦卫《云麓漫钞》。此外,南宋著名史学家李心传《建炎以来系年要录》也记载绍兴二年九月戊子朔"右承奉郎、监诸军审计司张汝舟属吏,以汝舟妻李氏讼其妄增举数入官也。其后有司当汝舟私罪,徒,诏除名，柳州编管（十月己酉行遣）。李氏，格非女，能为歌词，自号易安居士"。

这样历代就有不少人士笃信李清照的确改嫁了，黄盛璋而外，还有《李清照集校注》的撰著者王仲闻、《李清照集笺注》的撰著者徐培均、《李清照评传》的撰写者陈祖美等。（本文关于李清照生平主要据此三书）但也有不少人特予辩驳，如清代的俞正燮特撰《易安居士事辑》，后陆心源撰《〈癸巳类稿·易安事辑〉书后》。李慈铭撰《书陆刚甫观察〈仪顾堂题跋〉后》予以声援。

认同者的理由主要是正史、野史都有记载，且李氏在世，赵家多有在官者，却迄无申斥。而反对者也有相当充分的理由，比如《投内翰綦公崈礼启》主要见于胡仔之提及以及《云麓漫钞》之抄录，完全作伪或部分作伪的可能性完全存在。流传下来的李清照著述，包括《金石录后序》，多有改动及缺漏。有人以为李心传《要录》记载"以汝舟妻李氏讼其妄增举数入官也"，此李氏与李清照同姓，而李心传因轻信野史，将"李氏，格非女，能为歌辞，自号易安居士"这一显系攻讦、故意混淆的注释语也加采录。与李清照大致同时的庄绰在绍兴三年（1133）初撰就《鸡肋编》，其中记载有李清照靖康后诗讥士大夫及王準孙婿有李格非事，而像故相儿媳、故臣遗孀改嫁这样重大的事，却未见片言只语涉及，而且该书后来还不断有所增补，均未提及此事，显见事属子虚。词学家况周颐则从李、张行迹时间上的不相合来予以辨析："易安如有改嫁之事，当在建炎三年明诚卒后，绍兴二年汝舟编管以前。今据俞、陆二家所引：建炎三年七月，易安至建康，八月明诚卒，四年易安往台州之越州，十二月至衢州，绍兴元年复之越，二年之杭。汝舟建炎三年知明州，四年复知明州，六月主管江州太平观，绍兴元年往池州措置军务，寻为监诸军审计司，二年九月以增举入官，除名编管。此四年中两人踪迹判然，何得有嫁娶之事？"两人生活轨迹都无交集，那就当然不可能有嫁离之事了。

部分认同者以为改嫁体现了李清照追求自由的个性，为李清照作传的陈祖美教授甚至认为改嫁体现了李清照先进、超前的爱情观、道德观与价值观，以为清代为改嫁事辩诬者是站在比宋明等朝代更加强化的封建"伦纪""庭训"与"礼义"的立场上，这又未免上纲上线。因为即使今天见到的所谓《投内翰綦公寀礼启》为真，那《启》中所言"既尔苍皇，因成造次""呻吟未定，强以同归"，也表明改嫁并不是李清照为追求自由的一次主动选择。

结合《金石录后序》，让李氏大为惶怖的传言"颁金"，很可能是当时携一个质地为珉的玉壶来看望赵明诚的张飞卿学士离开后引发的通金的流言，《投内翰綦公寀礼启》中也有言"取自宸衷，付之廷尉"，一个小小的承奉郎的离婚案竟能上达圣听，交付廷尉，显然匪夷所思。能够引起皇帝亲自过问的显非小可之事。而颁者，赐也，即献壶于金而获金人赏赐。这才使得李清照一时之间不得不一直追随皇帝的行踪以寻机辩解，可能后来得到了綦崈礼的帮助，事情得以了结，所以有一纸书文示谢。但今天见载于《云麓漫钞》的《投内翰綦公崈礼启》显然并非原璧。《启》中说"近因疾病，欲至膏肓；牛蚁不分，灰钉已具"，与《后序》所言赵明诚病逝后"余又大病，仅存喘息"相合。既然事在赵明诚病逝之初，就显非改嫁而当是颁金。而作伪者手法高明，真真假假，以致难以分辨。甚至也有人以为，此《启》既然首见于胡仔提及，胡又是苏东坡的崇拜者，他恼怒于李清照论词贬低苏轼，故伪造此启以诬之。

不管传言中的再嫁离异是否属实，赵明诚去世后的几年对于李清照来说是相当艰难的。这种艰难，身体上的疾病与疲于奔命还在其次，难以抑制的有失去亲人的悲痛，无法决断的有旅途中必须随时对积年的收藏做出取舍的选择，而无可奈何的还有那不时就得面对的藏品的失去，那种呼天不应、叫地不灵，非身当其事、身临其境者绝难体会。李清照从靖康元年（1126）开始逃难，到建炎三年（1129）丈夫去世，到绍兴初年漂流游移，居无定所，很难想象在一个动荡的年代一位失去丈夫的女性要以怎样的毅力才能坚定地度过每一天。

绍兴二年（1132）后宋高宗的政权才稍稍稳定下来，李清照在这短暂的稳定中开始得空整理旧物，《金石录》作为丈夫的遗著是她这一时期最不忍一碰的旧物，只有当心情有所平复，才能稍事展卷。而展卷之时，那些像流水一般流逝的岁月就从笔尖随墨水一道淌出，那些心中的百孔千疮就书写为纸上的百转千回。但这种平静并未持续太久，绍兴四年（1134）冬十月，金人与伪齐合兵犯淮南进，一时人心惶惶，她选择从杭州避地金华。在这里，为度长夜，她又捡拾起自己平生最喜好的博弈之戏，尤其是依经打马，"因取其赏罚互度，每事作数语，随事附见，使儿辈图之"，撰成《打马图经》。

金华是一座风景极佳的小城。她在这住了不到一年，于次年夏秋间返回杭州。避住的时间虽不长，而除了《打马图经》，她还给这座城市留下了一诗一词，诗名《八咏楼》，词名《武陵春》。

《武陵春》创调于宋代的毛滂，双调四十八字，上下阕各四句、三平韵。每阕各四句中分别为两七字句与两五字句交错，因而全词共有四个七字句与四个五字句。词之创调或为自度，创始者多妙解音律，或借用民间音乐，适当修订。这个词牌也称为《武林春》。武林是杭州的别称。毛滂元祐间做过杭州法曹，因而很有可能是毛据当地流行音乐而创成此调。词是用于歌唱的，因而曲调相对固定，而歌词则可据调调整，因而可长可短。像《临江仙》，起首的七字句，便多有作六字者，其结句为两五字句，其前一五字句，也多有作四字者。像这个词牌，四个五字句，也多有改作六字而为两个三字句者，万俟咏的《武陵春·燕子飞来春在否》甚至将四个五字句都改成了两个三字句。李清照的这首《春晚》则只有下结改成了两个三字句。

李清照这首词创作于绍兴五年（1135），她人生的第五十二个年头。这首词描写的是晚春的景象，收录此词的多数选本如《类编草堂诗余》《古今词统》等书词题皆名为《春晚》，也有作《暮春》或《春暮》的，只有《词汇》作《春晓》。孟浩然诗《春晓》多有版本作《春晚》，从眠起的角度是春晓，而从花落的角度则是春晚。与孟诗晓、晚两可不同的是，李词重点写的是晚春时事，所以不当名《春晓》。

这首《武陵春》在元至正本《草堂诗余》中未注撰人，明叶盛《水东日记》则称引为李易安。下面分韵试析。

风住尘香花已尽，日晚倦梳头。

花已尽，有版本作"春已尽"，误，"春"字不若"花"字，"春"与下起重复，而"花"字与"尘香"有呼应。花落于泥，或碾作尘，则尘也泛香，即使不碾作尘，尘沾春花，也花香沾染。花因风落尽，风虽暂住，而春却远去，唯余一地泥尘犹带花香。风住尘香是结果，而风吹花尽则是原因。

日晚，也有作"日晓"，就像这首词之词题一样，多属浅人妄改。改的原因主要是对"晚"字的误解，即将"日晚"理解成天晚，既然天色已晚，还梳头作甚？不知"晚"字既可指时间上之早晚，也可指时间上之先后。日晚，就是起来晚了，或者即使起得早，而挨延晚了。不仅挨晚了，还连头也不梳，原因是"倦"。这个"倦"，主要是心理上的一种严重疲惫，从而对万事万物缺少兴趣。正是因为倦，所以做什么事都提不起精神，况且恰逢风吹雨打，春花落尽。如果作"日晓"，就是早上起来了，却疲倦而不想梳头，由于少了挨拖而晚与倦之间的呼应，就明显过于浅白。

物是人非事事休，欲语泪先流。

此词牌上阕共四句，有三句押韵。起两句一韵，而此段有两韵。

物是人非，紧承上韵之倦。人何以会倦？且起床后对啥都不感兴趣，连头也不梳？除了环境的花尽尘香，更有人事上的物是人非。"物是人非"一语源自曹丕《与朝歌令吴质书》："节同时异，物是人非，我劳如何？"《文选》李周翰注称："时物虽是而友朋非旧。"四季轮替，时物光景会周期性地重来，而那些曾经与共朝夕的朋旧亲人却一散无踪，一去不回。

同样的晚春，时光往前推三十来年，当她或是一位如花的少女，或是一位初嫁之少妇时，她笔下的《如梦令》，正像她如梦的年华："昨夜雨疏风骤，浓睡不消残酒。试问卷帘人，却道海棠依旧。知否？知否？应是绿肥红瘦。"所谓年少不识愁滋味，没有太多的心思，心里眼里，更多只在那些花花草草，稍有风吹雨动，急欲想知道的是，那开在春天里的海棠在风雨后到底成了一番怎生的模样。而"知否？知否？应是绿肥红瘦"，这稚态十足的推问与灵性充满的揣想，让人们不免惊叹于那未经风霜、活蹦乱跳、多情善感而又情思清丽的青春。而那"买得一枝春欲放"的青春，那"才下眉头，却上心头"的愁绪，那"自是花中第一流"的自负，那"莫道不消魂，帘卷西风，人比黄花瘦"的惆怅，那"寻寻觅觅，冷冷清清，凄凄惨惨戚戚"的声声慢诉，一切的一切，都迅成过往，物是人非，事事皆休，而"旧时天气旧时衣，只有情怀不似旧家时"。能说些什么呢？当年虽"武陵人远"，"多少事，欲说还休"，而尚有"终日凝眸"的企盼，现在啥也说不了，就像撑船之竹竿，休提起，提起泪洒江河。

闻说双溪春尚好，也拟泛轻舟。

双溪在金华城南，据《浙江通志》卷十七《山川九》引《名胜志》，一曰东港，一曰南港。东港源出东阳县大盆山，经义乌西行入县境，又汇慈溪、白溪、玉泉溪、坦溪、赤松溪经石碕岩下与南港会。南港源出缙云黄碧山，经永康、义乌入县境，又合松溪、梅溪水，绕屏山西北行，与东港会于城下，故曰双溪，大概即今金华东阳江与武义江交汇处。今天在东阳江北岸还建有八咏公园。八咏事出沈约，他在南朝齐隆昌元年（494）出任东阳郡太守。东阳即今浙江金华。沈到任后不久建玄畅楼，楼成，遂登楼赋诗八句："登楼望秋月，会圃临春风。岁暮愍衰草，霜来悲落桐。夕行闻夜鹤，晨征听晓鸿。解珮去朝市，被褐守山东。"诗成还觉意有未尽，更就每句扩而为八咏。后世为纪念他，将玄畅楼改成八咏楼。李白也曾到过这里，他在《送王屋山人魏万还王屋》一诗中还提到"沈约八咏楼，城西孤岧峣"，明确记述了八咏楼在金华的相对地理位置。有趣的是，今天金华为纪念李清照而命名的清照路正是在八咏公园沿东阳江东去不远的江边。

这里正像沈约所描述的，水流三派，台高四临，"危峰带北阜，高顶出南岑""岸险每增减，湍平互浅深"，风景极佳。

李清照也曾一登八咏楼，以为此地"水通南国三千里，气压江城十四州"。这些年她不停地逃难，曾经有一年夏天逃经项羽自刎的乌江，想到朝廷多贪生怕死之辈，无一个堪当大任的英雄，不禁感叹："生当作人杰，死亦为鬼雄。至今思项羽，不肯过江东。"逃的次数多了，时间长了，人也终于疲倦了，江山还是"留与后人愁"吧。而在一种万事不欲经心的情绪下，春天竟不知不觉地快过去了，忽然听得有人说双溪的春色还好，不禁想着是不是要去划划船。回想年轻时，遇有好景，那时是多么的自由啊。"常记溪亭日暮，沉醉不知归路。兴尽晚回舟，误入藕花深处。争渡，争渡，惊起一滩鸥鹭。"在诗人青春的笔下，那些景色也像青春一样美好。

而现在，春尚好，一个"尚"字，让人感到一个将去未去的春天在做最后的坚持，而一个"闻"字，则将一个身心疲惫的诗人情绪的百无聊赖泄露无疑。自己从未主动去打听，一切都是被动听闻。从这个"闻"字，也可看出李清照应该不是一个人独居。虽然胡仔记述赵明诚没有子嗣，但他应有另娶，或至少蓄有妾侍，《金石录后序》就明确提到赵明诚临终绝笔"殊无分香卖履之意"。所谓分香卖履，典出曹操。陆机《吊魏武帝文》序引曹操遗令："余香可分与诸夫人，诸舍中无所为，学作履组卖也。"即使其他夫人或妾侍也无所出，而李清照至少还有一个弟弟李迒，赵明诚也有两个兄长，动荡的时候，他们之间应该有所联系，李清照的身边应该有他们的子女，《打马图经序》就明确提到"使儿辈图之"，就是让后辈替她画图。

因而双溪之春尚好，也应该就是从这些孩子处听来的。

"也拟泛轻舟"，此句要表达的意思应该是想出门游游春，而一个"拟"字，却重在引出下段。

只恐双溪舴艋舟，载不动、许多愁。

双溪应该离李清照在金华的住处不远，而打算出游时她为什么选择"泛轻舟"呢？

《武陵春》这个词牌也有《武林春》等名，后定名为《武陵春》。古人对于取名通常比较讲究。如果是《武林春》，相对来说便只是一个地方小调。而作《武陵春》，因源自《桃花源记》，便有了一种逃尘世外的意味。在陶渊明的笔下，武陵人捕鱼为业，所以小舟是必备的生存工具，一日缘溪而行，忘路之远近，遇山口，舍船而入，乃见屋舍俨然，有良田美池桑竹之属，黄发垂髫，并皆怡然自乐，自云先世避秦，乃不知有汉，无论魏晋。因而泛舟云云就不仅仅是游春时交通工具的一种选择，更是心灵对远离人世烦恼的一种渴望。

不过渴望终归是渴望。在现实与理想之间，理想是犹可想象之轻，而现实则是无法承受之重。对于一个满怀愁绪的人，仙境太难靠近，即使有了可渡之舟，而一个"恐"字，最能表明在前往理想之途的过程中存在着随时可能出现的障碍，甚至这个障碍最大的可能就是我们无能排遣的情感，无法释怀的忧愁，它重到所渡之舟也无法承载。

有意思的是，"舟"前的修饰词是"舴艋"。而舴艋舟也者，因船形似蚱蜢而得名。蚱蜢是一种身体细长而尖的小蝗虫，舴艋则是舟中细长而尖者。这种小舟的得名不晚于三国魏时。魏明帝时张揖编撰《广雅》便有"舴艋，舟也"的解释。唐代的李德裕有诗专咏舴艋舟："无轻舴艋舟，始自鸱夷子。"意思是不要小看这种小舟，它创自曾为勾践相国、别号鸱夷子皮的范蠡。《史记》中记载范蠡功成身退，乃乘扁舟浮于江湖，因而舴艋舟也就类同于扁舟。舴艋舟、扁舟因其小，通常只适合于渔民在小江河湖捕鱼之用，如武陵人。

舴艋舟虽体型细小，却并不妨碍李清照才思的充分发挥。或者正是因为这种细小，李清照忽然联想到自己多到无法遣除的愁绪，因而将两者并列到了一起。舴艋舟，许多愁，然后在这简单的并列间只插入了一句"载不动"，两种寻常的意象便发生了一种不寻常的关联，这里有一种点石成金的奇妙，只有那些深具诗心的人才能于碌碌的生活中激发灵性，妙悟日常。

李清照未出嫁即有诗名，于词尤所擅长，这除了聪明好学，还在于她笔触善于描抹，而这些都依赖其良善而又极富见解的心灵。她在出嫁之前曾见张文潜《浯溪中兴颂诗》（一说为秦观所作）而连和二首，宋代的周煇在《清波杂志》中感慨道："以妇人而厕众作，非深有思致者能之乎？"明代的陈宏绪在《寒夜录》中则称赞备至，以为"二诗奇气横溢"，而其"古文、诗歌、小词，并擅胜场，虽秦黄辈犹难之，称古今才妇第一，不虚也"。一个人要写好诗词，使人一见其诗句即能印象深刻并记住其人，才、情、学、识，缺一不可。李清照之才、情与学,我们从她的词,从她的《金石录后序》已有充分领略,而她的识见同样不同于流俗。靖康之变后,她应该是属于力主抗金的主战派,可惜"南渡衣冠少王导,北来消息欠刘琨",时无英雄,她一介女流,无法力挽狂澜,只能作诗讥诮。

即使是在对词的看法上,她年轻时也能独树词"别是一家"之高帜,并信笔评点,将她以前的所有名家尽数数落。在她看来,李氏君臣乃亡国之音,柳永"词语尘下",张先、宋祁等皆"破碎",不足名家,像晏殊、欧阳修、苏轼等人,"学际天人,作为小歌词,直如酌蠡水于大海,然皆句读不葺之诗尔,又往往不协音律",王安石、曾巩等人文章写得好,但"若作一小歌词,则人必绝倒,不可读也"。她心目中较为认可的词人是晏几道、贺铸、秦观、黄庭坚等人,但"晏苦无铺叙,贺苦少典重,秦即专主情致,而少故实,譬如贫家美女,虽极妍丽丰逸,而终乏富贵态。黄即尚故实,而多疵病,譬如良玉有瑕,价自减半矣"。也就是说,词别是一家,词有词的声律,不能写成诗,要在铺叙、典重、情致、故实之间达成统一。

她的要求无乃太高,所以在她眼里也几无完人。即使是她自己,要做到她所说这几点也不容易。就这一首《武陵春》来说,李清照大致避免了她所指摘的晏几道、贺铸与黄庭坚的毛病,但秦观之讥,自所不免。她对苏东坡以诗为词的做法最是不满,但诗与词的区别应该主要在格律上,在表情达意上不应该存在区别。她晚年所作《永遇乐》起首即言"落日镕金,暮云合璧，人在何处"，实际上也难逃句读不葺之诗之讥。或者说随着生活磨折的日渐增加，李清照的创作也在不知不觉间做着改变。她的父亲是苏门后四学士之一，她对苏轼，从"学际天人""酌蠡水于大海"的表述，也可看出心怀景仰。她的这首词实际上也化用了苏轼的一句词。大概在她出生的那一年，苏东坡从扬州到高邮与秦观相会，后于淮河边饮别，东坡因填《虞美人》调，其中上结为："无情汴水自东流，只载一船离恨向西州。"这世间人最难是有情，不知所起，一往而深。恰唯有情，遂多愁，多恨，多泪。这泪，未语先流，甚至都不用太多的铺叙，只要在苦难中经历过，那种物是人非，那种前尘后影，就足以供泪线无限垂伸；这恨，不言而至，似乎多到可以化虚为实，以船满载；而这愁，也不请自来，甚至船都载不下。从可以船载的恨，到舟载不动的愁，一个晚辈，一位女性，就这样默默地继承，并悄悄地超越。

而作为一位文采杰出的女性，在一个以男性为主导的世界里，她无疑是相当另类的。虽然唐宋时妇女地位不像元明后理学占主导时那样低下，虽然"女子无才便是德"要到明代中后期才由陈继儒提出，但在实际生活中则多为社会所默认，甚至女子也多主动持有这种看法。南宋的陆游曾为文林郎、宁海军节度推官苏璩亡妻撰写过《夫人孙氏墓志铭》，提到孙夫人幼有淑质，而已故赵明诚之配李氏，"以文辞名家，欲以其学传之，时夫人始十余岁，谢不可，曰才藻非女子事也"。孙夫人卒于绍熙四年（1193），享年五十有三。则当其十岁时，正绍兴二十年（1150），李清照时年六十七岁。孙氏十来岁时，正值李清照古稀前后，她好不容易发现一个聪颖的小辈，却以"才藻非女子事"为由被拒绝了。我们可以想象李清照当时的感受。日晚倦梳头，这种倦，明里是饱经世事沧桑后的身心疲惫，而隐隐地更有那种举目四望，万人如海，而无人可语、无法言喻的旷世孤独。

长沟流月去无声

——读陈与义《临江仙·夜登小阁忆洛中旧游》

临江仙·夜登小阁忆洛中旧游

/ 陈与义 /

　　忆昔午桥桥上饮,坐中多是豪英。长沟流月去无声。杏花疏影里,吹笛到天明。

　　二十余年如一梦,此身虽在堪惊。闲登小阁看新晴。古今多少事,渔唱起三更。

陈与义（1090—1139），字去非，号简斋，洛阳（今属河南）人。徽宗政和三年（1113）进士。

元代方万里（即方回）著《瀛奎律髓》，选评唐宋律诗，推尊杜甫，以为其诗乃唐诗之冠，因定之为江西诗派之"一祖"，并认为宋代的黄庭坚、陈师道及陈与义三人，诗为宋诗之冠，所以定三人为江西诗派之"三宗"。"江西诗派"是宋徽宗时吕本中作《江西诗社宗派图》时提出的。在这个宗派图中，陈与义并未列名其中。大概在那个时候，他虽然以能文而声名远播，但还很年轻，资历不够吧。

陈与义早年的诗限于闻见，多小资情调，但体物状景，已见功力。他自己对这种能力也很自信。成名后曾有人向他请教诗的作法，他便举了所作《休日早起》中的两句"开门知有雨，老树半身湿"让人家去体会。这种描抹的手法即六诗之一的赋。朱熹给赋下的定义是："赋者，敷陈其事而直言之者也。"敷陈，就是铺陈。一件事要铺陈好，需要注意细节，更需要注入情感。就像一件物要白描好，需要体味光影的细微变化。这种体味的过程，实际上就是情感的融入过程。铺陈的基础是真。一个善用赋的人必然是对人间之事有真切体会的人。《休日早起》从感受日影初来（晓晓日影来），听得禽声渐集（稍稍禽声集），到开门判断下了雨，因为看到老树半身犹湿，之后再开镜，再卷帘，整个过程都是在描写公休日清早起来后在房间内所做的事，中间穿插了四句心理活动，结以"饱受今日闲，明日复羁萦"，使得这种枯淡的场景，因为一个"闲"字的配合，以及"羁縶"一词的对比，而顿时有了亮色。就像白描，粗看是在描绘阴影，实则是为了突出光线。

虽然他的铺陈功夫一流，但他三十岁前后受到徽宗皇帝赏识的诗《和张矩臣水墨梅五绝》（张矩臣，《简斋集》《宋诗抄》作矩，《笺注简斋诗集》《诗林广记》等作张规臣），却不是由此，而是因其善于议论与用典。比如其中的这首："含章檐下春风面，造化功成秋兔毫。意足不求颜色似，前身相马九方皋。"看似不起眼的四句诗，而诸多词语，如含章（殿）、春风面、造化功、颜色、九方皋，等等，实际上都有出处。尤其转结，通过九方皋相马事，表明真正值得夸耀的，不在外表，而在其神，就像墨梅，虽颜色不艳，然秋兔毫笔所绘，造化功成，真意充沛。善铺叙，喜用典，好议论，可以说是宋诗最重要的特色，而陈与义在这方面表现得极为突出。无怪乎方回要将他列入江西诗派，并尊为三宗之一。

他的诗虽见赏于道君皇帝，且获擢用，但似乎并非要职。《休日早起》也很可能是这段时间所写。但这种闲适的时间于他显然有限，因为随之而来的是一场巨变：金军攻陷汴梁，宋代的两位皇帝，徽宗与钦宗，一起被俘去了上京。三四年间，他不得不避难襄阳，下汉水，转湖湘，经洞庭，迁回岭峤，直到绍兴元年（1131）才由福建入浙，追随到高宗皇帝身边。这之后他任过中书舍人、吏部侍郎等官，也外派过湖州知州。但似乎有宰相不喜欢他，所以他不得不退居在湖州青墩镇寿圣院僧舍。这首词应该作于他重被召回之前，即绍兴五年（1135）

前后。故国方陷，新朝初开，而人忽退居，回想年轻时在洛阳的岁月，不由诗兴泉涌。

《临江仙》为唐教坊曲，当因歌咏水仙而得名，初为双调五十四字，前后段各四句，三平韵。四句中有三句为七字句，只第二句为六字。字数上近似七律或两首七绝，而格律上则以律句为主，不讲粘对。起句可平起，也可仄起，不入韵，后三句则为平起入韵。在之后的发展中，首句和尾句，便出现各种减字和添字情形。且首句平仄也逐渐固定为仄起不入韵，或减为六字，则多与第二句对仗。尾句则由七字句添字摊破，作一四字加一五字句，或两五字句。有人甚至在四五句型的基础上将后五字句进一步摊破，作两三字句。因此字数上，摊破后最短的《临江仙》只有五十六字，而最长则可达六十二字。陈与义此作双调六十字，前后段各五句，三平韵。

忆昔午桥桥上饮。一个"忆"字定调。忆，通常意味着思念。当人有了经历，有了对比，那些曾经经历过的事情就会忽然历历在目，欲去不能。尤其是那些青春往事，当回忆的潮水涌来，很少有人能闸住，而往往只能任其泛滥。一个经历丰富的人，当他想写点什么的时候，苦恼的不是无米可炊，而是内容太多，倒是如何剪裁费人思量。而《临江仙》一调，乃属小令，虽有多格，而字数上也只在六十左右。所以我们从这首小词中可以看到陈与义是如何从弱水三千中轻取一瓢的。而首句七个字，"忆"字定调而外，"昔"字表时间，"午桥"表地点，"饮"表事件。在回忆的长镜头下，只用了四个字，时间、地点、事件依次展开,其中还不忘镜头推近,聚焦于"桥上"。因为午桥是个相对较大的地方,而桥上,就具体而微了。午桥在今洛阳东南,晚唐著名的宰相裴度退隐后在此置宅,起名"绿野堂"。据说曾筑山穿池,并引伊洛之水贯注其中,有风亭水榭、梯桥架阁、岛屿回环、台馆松竹之胜。白居易、刘禹锡等时常到此聚饮,诗酒逍遥。到宋初,宰相张齐贤退休后也选择买下这处宅第。陈与义年轻时,这里似已属民家,所以他得以时时在这处名胜中留连,而最难忘的,自是这次在桥上与人痛饮。

座中多是豪英。事件除了时间、地点,当然还得有人物。所以紧承的这句交代了与饮的对象:豪英。"豪英"当然是指那些豪雄英特之人。陈与义二十三四岁即中进士,因而得以交往一时之杰出人物。我有时不自觉地将这句读成"座中尽是豪英",似乎觉得只有"尽"字,才能配得上因豪英而显露的豪气,而仔细体会却可以发现陈与义之谦慎。如果座中"尽"是豪英,则自己显然也被囊括进来。而用一"多"字,则将自己排除在"豪英"之外。这应该算是一种深入到骨子里的品德。因了这种品德,对于被俘的两位皇帝,当宰相建议用兵,而高宗皇帝表示"若不议和,则无可还之理"时,他的意见是和议如能达成,当然要比用兵好,万一不成,再用兵不迟。所以他的诗词与在他去世后两年才出生的辛弃疾形成鲜明对照:一个安于自我,以为有蒲团可坐,万户侯便不足道;一个满怀壮志,急于沙场驰骋,一旦遇阻,则无比郁闷，直欲看了吴钩，拍遍栏杆。

长沟流月去无声。美好的时光总是消逝得悄无声息，况是这样一个有着美好月光的春夜。月亮不知不觉西沉，时光不知不觉流走，那原来在水中漂浮着的月色仿佛被流水冲走。逝者如斯夫！时间对所有人平等，无论是圣人，还是凡夫俗子。所以，即使是圣人也难免感时伤逝。而作为诗人，陈与义无疑也对时光的流逝格外上心，但他的笔触却不直接对准时间，而是通过描述一种现象，让人们自己去体会时光的易逝。实际上水流是流不走月光的，千江有水千江月，水流月不去，但月亮却要西沉，月亮落下，仿佛被水流走。而月去无声，一切的美好也都消逝无声。此句音节谐美，声容极工，令人一见不忘，直欲起而击节。

杏花疏影里，吹笛到天明。也许可以将人类生活简单地分为两类，一类是庸常，一类是不常。我们多数人大多数的时间可能过的就是一种庸常的生活。而有一些人则可能面临一些重大变化，从而生活变得艰辛或者艰难。一个具备诗心的人知道如何在艰辛的人生中有所选择，有所坚守，知道在庸常的生活中有所发现，有所作为。诗心即是仁心，是美的向往之心，是善的追寻之心，是真的体味之心。只有那些深具诗心的人才能从那些庸常的乃至艰辛的生活旅程中发现生命中的诗意。诗意不是诗，是诗心从庸常的甚至不堪的生活中所体会到的人间的美好。那些深具诗心的人，尤其是其中那些具备相当读写能力的人，可以很容易地将诗意转化成诗句。

元 / 孙君泽 / 高士观眺图

自从酒被酿出，人们成年后很少不饮酒，这可以说是一种日常，甚至花开花落，吹拉弹唱，也都不值一提。但一场桥上之饮，最后落到"杏花疏影里，吹笛到天明"这样两句，立即就使得庸常具有了诗性。梁启超曾在1924年作宋词集句联，这两句中的后一句，便被集为他最为得意的对联，送给了当时最有名的诗人徐志摩。

二十余年如一梦，此身虽在堪惊。上片以回忆起兴，以长镜头推近聚焦，我们可以看到在聚光灯下，一群英特之士饮酒吹笛，其地在午桥桥上，其时在春天红杏花开之夕。下片笔锋一转，二十余年便在指顾之间，落为纸上一梦，并将镜头对准了自己，对准了当下的"此身"。此身历二十余年还在，尤其是经历了家国之难，多少有些出人意料。但对于国家大事，一个诗人所能做的实在有限。虽然陈与义也做过中书舍人，成为皇帝的近臣，但与金国的关系，却主要取决于皇帝，再加上他性格接近道家，便自然而然地看淡许多事。所以便"闲登小阁看新晴"。应该也是一个春夜，下过雨，刚转晴，适出闲步，适宜登临。古今多少事，渔唱起三更。小阁待久，便听到已有渔家早起，并放开了歌喉。再多的往事，再多的风云，再多的雄心，在这样的春夜，也都只好付与几声渔唱悠然。

这首词用词简明，描写细腻，情感内蕴，极富张力。上片之起承转结流畅自然，尤其"杏花疏影里，吹笛到天明"，自然清丽，无丝毫雕凿之痕。下片则收放自如，起句"二十余年如一梦"为比,为明喻,为统括,极疏荡,承句"此身虽在堪惊"为心理感受。转以一"登"一"看",结以一听。而登也好,看也好,听也好,都暗藏浓烈的个人情感,却都以极淡极平实的句子来描述。而张力,正是在这浓淡之间体现出来。明人沈际飞以为此词"意思超越,腕力排奡,可摩坡仙之垒"(《草堂诗余正集》),清人陈廷焯以为这首词"笔意超旷,逼近大苏"(《白雨斋词话》),近人唐圭璋也定性此词为"豪旷"(《唐宋词简释》),应该正是指这种张力之强大。有人写诗作词,可以平淡到无句可摘,而同为平淡,此词却句句皆名句,无一不可独诵。而整体上昔景今情,一气贯注,却仿佛不许摘诵。

  陈与义作为江西诗派三宗之一,他的诗很少像他这首词这样流传广泛。可以说这首词增强了他作为诗人的知名度。

家住苍烟落照间

——读陆游《鹧鸪天》

鹧鸪天

/ 陆游 /

家住苍烟落照间,丝毫尘事不相关。斟残玉瀣行穿竹,卷罢黄庭卧看山。

贪啸傲,任衰残,不妨随处一开颜。元知造物心肠别,老却英雄似等闲!

诗人通常是有才华的人，而一个有才华的人却并不必然成为诗人。才华是成为诗人的必要条件，但还不充分。诗人还必须具有诗心，那是一颗慈悲悯世的仁爱之心。而且诗人往往想法多多，而最终却事与愿违，其甚者甚至一生颠沛坎坷，困穷郁郁以终。历经磨难，似乎成了诗人经历的象征。"此身合是诗人未？细雨骑驴入剑门。"这两句诗便是南宋的陆游四十七八岁从南郑到成都的路上途经剑门时所写。何以剑门道中细雨骑驴就合该为诗人？与陆游同时的著名诗人尤袤在《全唐诗话》中引《古今诗话》称：唐昭宗时相国郑綮善诗，有人问他最近是否作有新诗，他回答说："诗思在灞桥风雪中驴子背上。此何以得之？"是的，诗思不在酒足饭饱，花好月圆，唯有生之曲折，方能激发心之幽微。灞桥风雪，孤旅蹇驴，临此境者通常不会是所谓成功人士，而往往是那些必须奋斗，甚或终究落魄之人。其中不乏才华卓著之士，或恃才傲物，或生不逢时，往往一事无成，时时徒唤奈何。陆游正是这样一位命运铸就的诗人。

陆游出生在北宋风雨飘摇之秋，婴幼时期即遭逢国破，随父母四处逃亡，长大成婚后不久为母所逼被迫休妻再娶，参加科考又因名超权相秦桧之孙而为权相所嫉恨，因而直到秦桧死后三年才初入仕途，这一年是绍兴二十八年（1158），他已虚岁三十有四。虽然只是一个宁德县主簿，但陆游却从儿女情长中走出，心胸变得异常宽广，"以经营天下自期"，"志在恢复"，因而一有机会，他的眼光就会从偏安的江南转向中原，所以他结识都督张浚，力主用兵。而朝廷却意不在此，因此其隆兴府通判一职在乾道初被罢免，四年后才起任为夔州通判，由此开启了他长达近十年的巴蜀生涯。这近十年，他遍游巴山蜀水，尤其是那些边关要塞，像骆谷口、定军山、大散关，都是能激发他诗情的地方。在应四川宣抚使王炎之邀从夔州到汉中途中，行走万山，有时连找个吃饭的地方都不容易。看《剑南诗稿》，令人不时惊奇于这样的诗题：《饭三折铺，铺在乱山中》。正是在边关前沿汉中，陆游收复中原之心更进一步被激发，他向王炎进陈进取之策，建议将目标放在长安与陇右，积粟练兵。然而王炎很快被召还，幕僚星散，陆游也被另任为成都府安抚使参议官。他无可奈何地看着恢复"梦破"（《自兴元赴官成都》"今朝忽梦破"），因而在一个风雨飘摇之冬，身临剑门，就不由不感叹"合是诗人"了。

　　想做的事无论怎么努力总是做不成，而担心的事，无论怎么设法，却只能看着其一步步到来。越是奋斗者，越容易体会到一种无力之感，尤其是环境使然，常使人痛感回天乏力。当陆游填这首《鹧鸪天》的时候，是在乾道二年（1166），他四十一二岁，隆兴府通判一职刚被罢免不久，实际上他是不会预料到往后更加艰难的岁月的，但或者其中有些命定的东西已在他的身上显现。人一辈子，以思想和行动成就人生。人固然可能成为人之所想，但更可能成为人之所为。一个人应对事情的方式体现着他的能力，而因由这种能力，他的现在和未来实际上某种程度上也已经被注定。从陆游失败的婚姻，不难发现，陆游缺少一种协调各方关系的能力。从已有的零星记载，可以认为，他的母亲是强势的一方，极力促使他休妻再娶，尽管被休的是她的侄女。而这个时候，陆游显然没有完全站在弱势的妻子一方来尽力维系这种已岌岌可危的关系，最终屈服另娶。甚至可以说是陆游的不作为，至少是不善作为，导致了悲剧的发生。

如何团结，如何安抚，如何协商，如何抗争，如何妥协，如何促成，很多事情，如果在家庭中做不好，也很难在社会上做好。所以当他进入官僚体系，与各色人等相处的时候，初时也还算顺利，而很快他处理人际关系能力的不足便显现了出来。

一个才华卓著的人往往处世简单，觉得人同此心，事情应该如此，就觉察不到其中的复杂。陆游在高宗朝做到大理寺司直兼宗正簿，大约在绍兴三十一年（1161）"自救局罢归"（陆游《跋曾文清公奏议稿》）。这次罢官原因不详。不过从他当时的诗作来看，所奉赠的如王秬、王十朋、杜莘老等，或正直敢言，或力主用兵，他之罢归，原因也当类似。孝宗即位后，陆游官至枢密院编修，受召对后获赐进士出身。孝宗本来对陆游印象很好，因为像当时的经筵侍讲周必大就在被问及当今诗人谁可比得上李白时，就告之唯有陆游。（罗大经《鹤林玉露》）不过后来孝宗因他转言宫内传闻，随意泄漏机密（李心传《建炎以来朝野杂记》乙集卷六"坐漏二人密语被逐"）而改变了看法。他先在隆兴元年（1163）夏被贬为镇江府通判，不久于乾道元年（1165）三月改任隆兴府通判，远离前线，到了南昌。次年春，又遭到弹劾而免归，理由是"交结台谏，鼓唱是非，为说张浚用兵"（《宋史》卷三九五）。

在宋金对抗之际，尤其是在岳飞死后，金主完颜亮当政之际，金之国力强大，主战很难取得突出成效，最终两国不得不长期以淮河为界。真正要恢复神州，必须在政治上、经济上、军事上多管齐下，周密部署，绝非一朝一夕可见其功。而政治上，在皇权家天下时代，皇帝不可能任由臣下军权坐大，岳飞在绍兴十一年（1142）被朝廷以"莫须有"罪名赐死即与其势力渐大而又不太遵号令有关。因而军事上，几乎不可能存在一朝壮大起来就马上拥有远超敌国的军事实力，这同时也是因为经济上，一个偏安的朝廷很难在小农经济条件下忽然富强。某种程度上，陆游主战是在尝试一种不可能，属于不能正确判断形势，站在了极其不利的一方。

对于乾道二年（1166）的罢免，陆游似乎早有心理准备，也提前做了安排。据赵翼《陆放翁年谱》，他曾经回忆"囊得京口俸，始卜湖边居"（陆游《家居自戒》），"余以乾道乙酉卜筑湖上"（陆游《春尽遣怀》自注），"乾道丙戌，始卜居镜湖之三山"（陆游《幽栖》自注，并参钱仲联《剑南诗稿校注》卷一《寄别李德远》二之注释），这意味着他在乾道元年（1165）就已用镇江做官的俸禄在镜湖三山买了房子，并在次年罢归后移家入住。镜湖的房子一开始只十来间，但陆游还是相当满意，因为三山南临鉴湖，山重水复，柳暗花明，极适闲居，况苍烟落照，引人遐思。所以陆游这首《鹧鸪天》以"家住苍烟落照间"起头，以实入虚，极富想象。

《鹧鸪天》很像一首仄起七律。七律通常要求颔联与颈联对仗，而《鹧鸪天》第三四两句也以对仗为佳。在七律颈联处，《鹧鸪天》将出句的七字句改作两个三字句，而这两个三字句，也多作对偶。陆游此作，两处便皆对仗工稳。

这首《鹧鸪天》也非常通俗，除了玉瀣指酒，黄庭指《黄庭经》，借以表明一种闲适修道的生活，更无艰涩之处。不过作者很讲究笔法，起句偏虚，偏灵，偏仙，故第二句承之以实，实话实说："丝毫尘事不相关"。三四句"斟残玉瀣行穿竹，卷罢黄庭卧看山"，"斟残"与"卷罢"，通过具体行为体现果然仙尘有别。换头"贪啸傲，任衰残"，一"贪"一"任"，将作者的性格表露无疑。这一联同时体现出两个方面，一方面是恣意啸傲，进一步递进不欲关心尘事；但另一方面，"贪"与"任"两个动词实际上与仙家的闲适发生着冲突，已然暗含着一种从仙向俗的转换。作为一个世俗之人，年华老大，已渐衰残，却又所欲难遂，一事无成，当然也就只好贪之、任之，不妨随遇而安，开心一笑。"不妨随处一开颜"，"不妨"一词可以说暗藏着作者心中无限委屈。走笔至此，就为结拍的转折提供了充分的准备。"元知造物心肠别，老却英雄似等闲"，"元知"，就是原知。对于不甘山河破碎、志在恢复、满怀英雄之心的诗人，那造物主的安排可算是别有用心了，竟让人不得不在一种闲散之中静静地老去。这是诗人的感慨，

元／唐棣／山居说听图

也是英雄的感慨。英雄的产生，必须有英雄生成的环境。当环境不适，一个人越是怀抱英雄之心，就会受到越大的挫折。况且英雄除了具备极大愿力之外，还须具备极大实行力。陆游有愿力，不过在促成愿景实现方面，无疑受到了环境及自身能力的限制。但他毕竟满腹锦绣，这些曲折都能在他的笔下委婉地表达出来，从而使人们得以欣赏一种不世的才情。

陆游一生取过不少的别号，其中在罢归镜湖三山时用的是"笠泽渔隐"，另一个是此后十年左右所取的"放翁"。这两个别号在这首词中都表现出了端倪。笠泽主要指太湖以南松江上游地区，与绍兴镜湖没什么关系。陆游以之为号，据研究应是受了陆龟蒙《笠泽丛书》的影响。陆龟蒙是晚唐长洲（今江苏苏州）人，一生胸怀天下，而怀抱难展，故散诞放逸，高蹈狂狷，其人其作，被鲁迅称为"一塌糊涂的泥塘里的光彩和锋芒"（《小品文的危机》）。陆游《喜小儿病愈》云："也知笠泽家风在，十岁能吟病起诗。"以笠泽冠之家风，这表明，陆龟蒙应该是陆游的远祖。陆游青壮年时期很大程度上受陆龟蒙的影响，尤其是他做的官本来就不大，却又频遭调动及罢免，这些无疑激发了他个性中颓放的一面。所以，"贪啸傲，任衰残"，这"贪"与"任"延续的是陆龟蒙的"散"，而生发的是陆游后来的"放"。陆游《幽居》诗云："松陵甫里旧家风，晚节何妨号放翁。"他自号放翁与范成大相关。范成大是他当年在京城的同事，后来帅蜀，做了他的上司。因了这层交情，他与这位上级不免时以文字相交，而不拘礼法，又加上相对承平，故不时金壶投箭，翠袖传杯，光阴全付绿樽中（参见《醉题》《和范待制秋兴》诸诗），因而被人讥之为颓放，再加上不合时宜地主战，范成大也就不得不免去了他的锦城参议一职，这一职务正是范初到蜀地时亲所举荐。陆游于是在杜甫草堂附近开荒种菜，并自号"放翁"。

生于尘世，我们每个人都有无穷的欲望，而绝少满足。佛家八苦之一就有"求不得苦"。求而不得或则是因为欲望太多太过，或则因为能力不足，不足以去实现，或则因为环境太严酷，限制了个人能力的发挥。欲望实际上是个人与社会发展的动力，正是对欲望的追求，对不可能的尝试，使得那些心中的设想最终变为现实，那些不可能终于变为可能，那些美梦终究成真。但尝试者个中的感受，大概也如鱼饮水，冷暖只有自知了。陆游不一样的地方在于，他善于表达自己。这首《鹧鸪天》表达的正是一种追求未获满足时的心态，一种对闲散生活的隐秘向往，一种不安闲散亟欲用武而不能的郁闷，一种耽酒溺欢的清狂，一种岁月流逝的紧迫，一种无所作为的不甘。而这些只以一句"家住苍烟落照间"，便将读者带进了一个内心隐秘的所在，这个所在，是人人都向往的，也是诗人向往的。只是诗人所处的时代，是一个乱世，有异族入侵，山河破碎，诗人无法平静，虽然可以在偏安之所觅一处山清水秀之地享受苍烟落照，而恢复神州的壮志却无时不激荡于心。北定中原，这是诗人到死都难以忘怀的愿望。而实际上填这首词时，他才只度过了他人生刚近一半的时光。

虽然往后的日子他还有更多的佳作呈现，但这一首词却是他在青壮年诗思最易激荡的岁月所抒写，其诗思之流畅与婉转，其语言之朴实与平淡，其情怀之散放与幽曲，能抵达我们内心的隐秘，能展示我们奋斗中的无奈，能抚慰我们追求后的不平。

知我者，二三子

——读辛弃疾《贺新郎》

贺新郎

/ 辛弃疾 /

邑中园亭，仆皆为赋此词。一日，独坐停云，水声山色，竞来相娱，意溪山欲援例者。遂作数语，庶几仿佛渊明思亲友之意云。

甚矣吾衰矣。怅平生、交游零落，只今余几！白发空垂三千丈，一笑人间万事。问何物、能令公喜？我见青山多妩媚，料青山、见我应如是。情与貌，略相似。

一尊搔首东窗里。想渊明《停云》诗就，此时风味。江左沉酣求名者，岂识浊醪妙理？回首叫、云飞风起。不恨古人吾不见，恨古人不见吾狂耳。知我者，二三子。

《论语》开篇《学而》录有三句话,皆以"不亦"来反问,表达的则是肯定的意思。其中第三句话说:"人不知而不愠,不亦君子乎?"这句话中的"愠"字,古人通常释为"怒"。孔子一生都在谋求用世,他周游列国,曾感叹道:"苟有用我者,期月而已可也,三年有成。"但他所推行的仁道很难被当时的列国之君所认同,故而一生颠沛于途,"累累若丧家之狗"。对于不为人知,他还说过"君子疾没世而名不称焉",这里的"疾"就是"病"的意思,作动词,以之为病;"称"可读平声,也可读去声。如读平声,那这句话是说君子以到离世而善名不称为病。屈原《离骚》"老冉冉其将至兮,恐修名之不立",也是这个意思。如读去声,则孔子是以君子之名配不上其实为病。这显然才是孔子更关心的。夫子四十不惑,五十而知天命,不会因为不为人知而生怒。一个人如果动不动就因声名不显而发怒,那他可能怒无已时。因而"愠"不当释作"怒",而当释作"蕴积",人不知,不蕴积于胸,也就是不介于怀之意。而实际上人不知而不怒容易,但真要不介于怀,可能也只有君子人格的人才能做得到。

人不仅希望生而为时人所知,更企求死后为百世所知,这种试图"死而不朽"的想法早在春秋时代就有人总结为"三不朽",即所谓立德、立功与立言。立德在三不朽中排最前,唐代的孔颖达作《春秋左传正义》,释之为"创制垂法,博施济众",能做到这一点的通常都是圣贤之人。对于普通人,尤其是中人而上,则通常寄望于立功,最不济才指望立言。

南宋的辛弃疾就是一位迫切希望有所建树之人。他于金熙宗天眷三年（1140）五月出生于山东济南历城，这时的南宋是宋高宗绍兴十年，靖康事变已过去十来年，北方早沦落在金国统治之下，他的祖父辛赞也因累于族众，未获南渡而出仕于金。如果按照正常的途径，比如像与他并称"辛党"的同学党怀英那样，他应该能在金廷做一个高官。但到绍兴三十一年（1161），这一切都因金主完颜亮忽率大兵攻宋而发生了改变。

完颜亮是靠弑君篡位当上的皇帝，他在位十二年，加强集权，推行汉化，据说因读到柳耆卿的《望海潮》一词对钱塘繁华心生觊觎，而起一统华夏之心。这种说法当然不可靠。真正导致完颜亮发动战争的，应该是其雄心或者野心，这种野心缺乏制衡，在极权的氛围下尤易膨胀。正隆六年（1161），也就是完颜亮篡位称帝后的第十二年，他聚众六十万，号称百万，兵分四路，剑指南宋，毡帐相望，钲鼓之声不绝。

而兵者不祥之器，圣人不得已而用之。战争通常涉及征兵、征税，兵凶战危，一个政权没有良好的政治与经济环境，是很难在战争中获得善终的。完颜亮靠弑君而篡位，且生性嗜杀好色，因而政治上并不具备人和的条件。所以侵宋之战发动不久，完颜亮的一位从弟就在金之东京（今辽宁辽阳）称帝。消息传来，军心大震。军事上也从初期的势如破竹转为连遭败绩，甚至他本人也因军令过严激起兵变，而被叛将缢杀。与此同时，中原的民众也因不堪赋税开始造反。辛弃疾正是在这时聚集了两千人马,同在济南府的农民耿京则聚众达数十万之多,辛弃疾遂加入耿京的队伍,为掌书记,即起草并保管文书,与闻机密。

辛弃疾此时年方二十二岁,他在义军中的表现也相当抢眼,有三件事成为他这一时期生活的亮点。

一是他之决意南归。据说他与同学党怀英曾各占一卦,党遇坎卦,所以留下来在金朝做了官,而辛弃疾占得的是离卦,因而他最终举起了义旗,加入耿京队伍,并适时劝其南归。他之决意举义并南归无疑与他的汉人身份以及所受的儒家教育相关。华夏与夷狄的关系一向为儒家所强调,尤其是北宋被迩近蛮夷的偏远番邦所灭,且还生生俘获走两位皇帝,这成为一代读书人心中难以磨灭的伤痛。辛弃疾胸怀远大,不忍河山沦于夷狄,因而乘机而起,志在恢复。

二是这期间与辛弃疾多有交往且喜谈兵的义端和尚,在辛弃疾的劝说下归隶于耿京,但他在一天晚上偷了义军的印信逃跑。耿京因此迁怒于辛弃疾,要杀他。辛弃疾请求到三天的宽限,揣想义端必至金营,因追斩之于途。在被追上斩首之前,义端和尚求情时说到:"我识君真相,乃青兕也。"青兕据说是一种具有强大力量的独角犀。辛弃疾年轻时应该相貌威武,中年后他的朋友陈亮还这么形容他:"眼光有棱,足以照映一世之豪;背胛有负,足以荷载四国之重。"(《龙川集》卷十《辛稼轩画像赞》)

三是绍兴三十二年(1162)正当他受耿京派遣奉表归宋并

获宋高宗召见，耿京被授予天平军节度使，他也被授承务郎、天平节度掌书记之际，耿京却被叛将张安国等人杀以降金。辛弃疾北返至海州（今江苏连云港）得知这一消息时，立即与众人商约，并带领人马径趋金营，只见张安国正与金将酣饮，遂上前绑缚以归，到高宗皇帝巡幸之地建康献俘。这份虽千万人吾往矣的豪情与勇气，这种于百万军中取上将头颅如探囊取物的本领，让人们看到一个雄姿英发的年轻人的勃勃生机与超强能力。这段经历也是他一生中的高光时刻，到他年老之际听人谈功名，还情不自禁地追念"壮岁旌旗拥万夫，锦襜突骑渡江初"（《鹧鸪天·有客慨然谈功名因追念少年时事戏作》）。

辛弃疾一生"以气节自负，以功业自许"，但初归之际，高宗皇帝显然对战争心怀忌惮。他自继位，一方面忌惮于金人之武力，一方面又忌讳二帝之回归，同时还要防止武将拥兵自重，或者不服调遣。在前朝覆亡之际，各种矛盾本已日趋激烈，而重拾旧山河喊喊口号容易，真要行动起来，牵涉极大。其中有一个最重要的基础关系，即如何能够既征到兵、征到税，又不激化本已极其脆弱的官民关系。在传统帝制中，普通民众对最高领导层、对官府，实际上并不抱特别期望，只要日子过得下去，有一个可预期的前景就行。至于充斥在各级统治层的是些什么人，他们通常并不特别在意。完颜亮要开战，故而征兵征税，激化了矛盾。而随后金世宗获拥立，他重农轻赋，崇儒尊学，因而很快就平乱息争。南宋朝廷真要打仗，在中原敌占区响应也许会多，而在统治区则很难保证不造反。

辛弃疾作为一个才能突出的"归安客"，在高宗手中并未得到重用。继任的宋孝宗被史家称为"卓然为南渡诸帝之称首"，即位不久即起用主战派，替岳飞平反，并避开内阁直接向将帅下达诏令，从而开始了著名的隆兴北伐。不幸的是，这次北伐先期虽出其不意取得了一些胜利，但因发动草率，低估了敌方实力，稍一相持，便致将领不和，只坚持了十八天，就在符离集惨败。宋孝宗即位之初取年号为隆兴，表明他对未来抱有极大的期望，但战争甫一发动即致崩盘，第二年（1164）年底不得不签订了《隆兴和约》，失望之下，便将年号改为乾道。不过，宋孝宗这个隆兴的年号真没有白取，《隆兴和约》带来的好处是宋金之间四十多年的和平，并开创了"乾淳中兴"的局面。

但这个偏安的中兴给辛弃疾带来的却是心志的忍耐与壮志的消磨。大约在和约签订之前辛弃疾撰写了"御戎"之《美芹十论》献给皇帝，其中审势、察情、观衅等三部分是审视、了解、观察、分析敌方的弊端，自治、守淮、屯田、致勇、防微、久任、详战等七部分是探讨朝廷之所当为。和约签订后，乾道五年（1169）宋孝宗任命曾经一度打败过完颜亮的虞允文为相，辛弃疾仿佛看到了一丝光亮，在被召对延和殿时，纵论南北形势及三国晋汉人才，还撰写了《九议》并《应问》三篇，全面探讨逆顺之理、消长之势、技之长短、地之要害。但毕竟和约签订未久，因而他的"万字平戎策"也就只能束

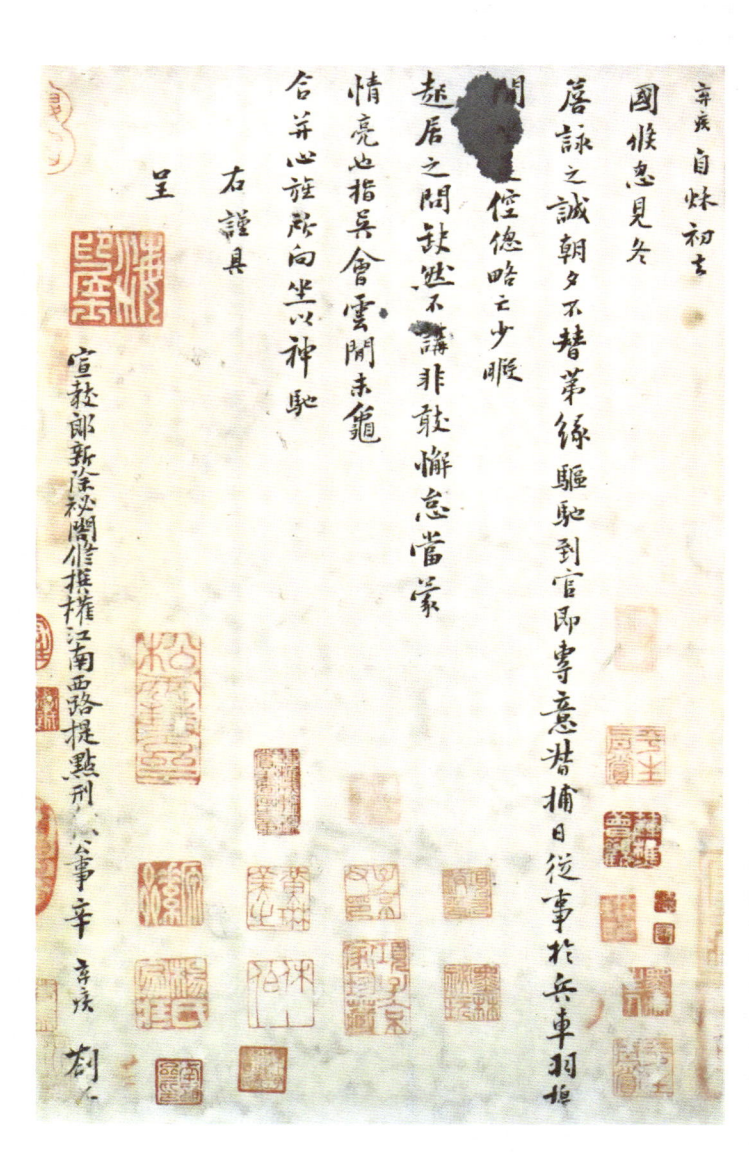

弃疾自秋初去
国悌忽见冬
蓐咏之诚朝夕不替革绿驱驰到官即专意潜捕日从事于兵車羽檄
閒一徑偬略之少暇
趑居之間缺然不講非敢懈怠當蒙
情亮心指晤會雲開未龜
合并心旌瞻向坐以神驰
　右謹具
呈
宣教郎新除秘閣修撰權江南西路提點刑獄公事辛弃疾劄子

南宋｜辛弃疾｜去国帖

之高阁。《宋史》本传记载他给皇帝上书的时候"持论劲直，不为迎合"，表明他对认准的事敢于独抒己见，一往无前，但也显示出一种人际关系上的不够圆融。

不过，辛弃疾南归后前二十年的官运虽不是平步青云，却也基本一帆风顺。据《宋史》，乾道五年（1169）后，他迁司农寺主簿，出知滁州，后辟江东安抚司参议官，再迁仓部郎官，提点江西刑狱，因平剧盗赖文政有功，加秘阁修撰，调京西转运判官，差知江陵府兼湖北安抚使，迁知隆兴府兼江西安抚使，以大理少卿召，出为湖北转运副使，改湖南，寻知潭州，兼湖南安抚使，后又加右文殿修撰，差知隆兴府兼江西安抚使。

辛弃疾在不同的职位上展示出相当全面的能力。乾道八年（1172）他步入三十三岁，朝廷任命他为滁州知州，开始成为独当一面的地方官。而滁州是他《美芹十论》中主张守淮的两淮前线要地，也在宋金多年的对抗中频经兵燹，井邑凋残，几乎沦为荒城。上任后，辛弃疾"宽征薄赋，招流散，教民兵，议屯田，乃创奠枕楼、繁雄馆"。在一个满目疮痍的地方，活跃经济的最好手段无疑是"宽征薄赋"，不仅如此，辛弃疾还将本地民众欠官府的钱五百八十余万悉数免除，且只要商贾经过，官府还免去原征税的十分之七，于是"流逋四来，商旅毕集，人情愉愉，上下绥泰"。而所谓奠枕，类于《盘庚》篇之"奠厥攸居"，有时局安定，可以息肩高枕之义。

如果说辛弃疾在滁州任上展现的是他刺激经济、促进地方发展的能力，而之后他讨捕茶商军、创建飞虎军则体现了他在军事上的突出才干。

　　茶商武装兴起的根本原因是官府对贩茶的垄断，就像食盐专卖一样，因官府基于利出一孔的考虑，市场必然扭曲，巨大的需求与利润也必然导致走私乃至暴力冲突。早在北宋，官府即设茶马司，在边境只有官府可以从事茶马交易，严禁私贩，因而边境茶叶走私便有利可图。绍兴中期后，私茶私贩渡淮，获利奚啻数倍！茶商为了保护私贩利益，逐渐形成自己的武装并日益壮大，与官府的冲突愈演愈烈。淳熙二年（1175）四月，湖北茶商推荆南茶贩赖文政为首领而再次武装起事，并从湖北攻入湖南、江西，两败官军。六月，时在仓部郎中任上的辛弃疾毅然请行，期以一月荡平（徐元杰《梅埜集》卷一一《稼轩辛公赞》），被任命为江西提刑，节制诸军，专事讨捕。辛到任后发现官兵多老弱，因招募敢死之士，多方围剿，到闰九月，便成功诱捕赖文政，戮之于赣州，茶寇剿除净尽，而他自己也因功获赏秘阁修撰。

　　此后辛弃疾调京西转运判官，淳熙四年（1177）春改知江陵府兼湖北路安抚使，随后徙知隆兴府兼江西安抚使，召为大理少卿，淳熙五年（1178）秋出为湖北转运副使，次年春改湖南转运副使，随改知潭州，兼湖南安抚使。自江陵任上，辛弃疾"得贼则杀，不复穷究"（本文关于辛弃疾生平多据《宋史》本传、邓广铭《辛弃疾》、《稼轩先生辛弃疾年谱》等著作，此为《年谱》淳熙四年引《嘉泰会稽志》卷一五）。而这样固然一时能使"奸盗屏迹"，毕竟乃治标之法。当他移官湖南，郴州陈峒也聚众造反，虽然很快即平，而这"相继窃发"前仆后起之叛乱也促使辛弃疾有所思考。早在《美芹十论》第八论《防微》中他就请求皇帝敕令州县官吏，"蠲除科敛，平亭狱讼"，以舒解民众"逃死蓄愤、无所伸诉之心"；淳熙六年（1179）秋，他又奏进《论盗贼札子》，以为"田野之民，郡以聚敛害之，县以科率害之，吏以乞取害之，豪民以兼并害之，盗贼以剽夺害之"，在这种情形之下，"民不为盗，去将安之"？也就是说，他意识到，民众之啸聚造反，是因为州县要办财赋，要收税，要征购，而胥吏因此强征豪取，残民害物，再加豪民盗贼，兼并剽夺，从而被迫反抗。他希望朝廷"深思致盗之由，讲求弭盗之术，无徒恃平盗之兵"，如果民众受"贪浊之吏"压迫而无诉所，则必然愤起，而"诛之不可胜诛"。

虽说平盗之兵不足徒恃，但没有平盗之兵也不行。从剿灭茶商叛乱，辛弃疾越发感受到临阵无敢死之士的缺憾。这也是他早在《美芹十论》第七《致勇》篇中所申论过的："行阵无死命之士，则将虽勇而战不能必胜；边陲无死事之将，则相虽贤而功不能必成。"所以潭州任上，他煞费苦心地创建了一支"飞虎军"，以"湖南控带二广，与溪峒蛮獠接连"，草寇窃贼间作，仓促不宜调动正规军为由，请求皇帝依广东摧锋军、荆南神劲军、福建左翼军例别创一军，以"湖南飞虎"为名，最终建成了一支步军二千人、马军五百人的队伍。飞虎军虽是地方武装性质，但毕竟所费甚巨，因而在创建的过程中多遇阻力,甚至枢密院大臣也风闻阻挠,皇帝也一度加急降递御前金字牌叫停。面对这种巨大的阻碍,辛弃疾硬是顶住压力,多方斡旋,加速完成了任务。在建飞虎营栅时,他先将皇帝金字牌藏起,下令一个月建成。当得知因秋雨连绵,二十万片瓦不易造时,辛弃疾当即指示,以到付方式,给市民每家一百文,取檐前瓦二十片,居然不到两天事情就解决了。军营建成后,辛弃疾因"开陈本末,绘图缴进",皇帝也就不再追究,而这支部队也"雄镇一方,为江上诸军之冠"。

辛弃疾勇于任事,敢于也善于开创新局面,情形越是复杂,他越能应付裕如。淳熙七年至八年(1180—1181)冬春间,江、浙、淮西、湖北大旱,辛弃疾时获授右文殿修撰,差知隆兴府兼江西安抚使,受诏治理饥荒。辛弃疾一到江西,立即在交通要道张榜公布他的治理方针:闭粜者配,强籴者斩。也就是不允许有粮不卖,囤积居奇,也不允许强迫交易。这只是一个保证有粮可以买卖,但难免有人借机哄抬物价的治标之法,治本之道还在于如何尽快从有粮区运来粮食。因此,辛弃疾同时尽数拿出官钱银器,召集官吏儒生、商贾市民,从中推举那些办事能力强的人,量借钱物,不收利息,以一个月的时间为限,让他们负责到粮区去买进粮食。很快粮食就大量运进,粮价自减,民众得以渡过危难。朱熹听说了辛弃疾的八字榜文后,虽觉得只是一个"粗法",但还是不由说道:"这便见得他有才。此八字若做两榜,便乱道。"当时信州也遭受了饥荒,信守谢源明乞米救助,辛弃疾的僚属们都不肯借,而辛弃疾力排众议，以为"均为赤子，皆王民也"，并将米舟的十分之三分给信州。从这一小事，也可见辛弃疾本性之良善及处事之果敢。辛弃疾的救灾本领得到了孝宗皇帝的嘉奖，官阶也因此进了一秩。

但在一个一切讲究按部就班、循序渐进的官场，这种勇任果敢的行为太过与众不同，也就必然受到非议乃至排挤打击，所谓木秀于林，风必摧之。况且就果敢而言，从好的一面看是敢于任事，勇于担当，而从不好的一面来说，就变成独断专行。在飞虎军创建上，辛弃疾敢于藏起御颁金字令牌，敢于限期促工，敢于下令让普通百姓献卖檐前瓦，这些虽都因飞虎军建成而得到了弥缝，但因建设所费甚巨，为了获得更多经济来源，他在湖南任上甚至将税酒法改成了榷酒法，也就是原来于酒业而言，是采取向酿酒商与售酒商收税的方式，而辛弃疾将售酒权收归官府，改成了官卖的方式。这一方式短期内的经济效益是显著的，但一段时间后官营的弊端逐渐呈现，况且改动之初还涉及巨大的经济利益触动，大量的售酒商被迫改行，"人多移徙，虚市一空"。因此他的这一做法就受到了给事中芮𬀪的极力反对，最终降旨作罢。

另外，辛弃疾的官场生涯到目前为止虽说相对平顺，但与他的能力相比，显然未尽其才。更不幸的是，他的官运到此开始出现重大转折。江西救灾后，他于淳熙八年（1181）十二月获授两浙西路提点刑狱公事，但很快就被以"鲠亮敢言"（《宋会要辑稿·职官五五》）的台臣王蔺论劾而落职罢任。在《西垣类稿》所收的《辛弃疾落职罢新任制》中，他所犯的错误有以下几点：其一，肆厥贪求，指公财为囊橐。也就是贪污公款。其二，敢于诛艾，视赤子犹草菅。诛与艾，都是指针对草与菅敢于动刀子。这一条在《宋会要辑稿·职官七二》中的记载是"奸贪凶暴，帅湖南日，虐害田里"。总之就是将下层民众不放在眼里，视人命如草芥。其三，凭凌上司，缔结同类。也就是建有自己的小圈子，将上司不放在眼里，敢于欺凌。

一般说来，御史奏事，多据传闻，不一定属实。比如贪污公款这事，大约在淳熙八年（1181）江西安抚使任上，辛弃疾在上饶带湖看中一块地，买下来建起别墅，以稼名轩，并取以为别号。带湖风光独特，"三面附城，前枕澄湖如宝带"，纵至1230尺，横达830尺，辛弃疾"一旦独得之"，便"筑室百楹"，作日后归耕的打算。房舍忽尔建有百楹之多，且家中除夫人外，还侍妾众多，应该不少于七人，儿子也有九个，这些都需较大花费。御史弹劾他中饱私囊，虽属捕风捉影，但空穴来风，物议所在，众口难息。"愧我明珠成薏苡"，辛弃疾在《送别湖南部曲》一诗中曾引用汉代伏波将军马援的典故来为自己辩解。马援征交阯，常吃当地所产薏苡，以胜瘴祛湿，以其实粒大，可作种子，班师回朝时顺便购买了许多，载之一车，后来被污指为皆"明珠文犀"。他的别墅应该建得非同一般，以至于朱熹看了都慨叹"耳目所未曾睹"。关于其经济来源，史书上并未明言。但从辛弃疾救灾及时，派人到各地买运粮食，以及后来在绍熙二年（1191）福建提点刑狱任上建备安库，不一年而"积锱至五十万缗"，可知他应该具备相当强的经营意识及能力。

再像敢于诛艾，应该与他"帅荆，弭绝群盗"（《永乐大典》卷三五七九村字韵引项安世《文村道中》诗自注）有关。在建飞虎军时限时催工、改税为榷，敢于独断，必然也得罪多方。他在江西任上的一些言行甚至传到了生于抚州金溪的大儒陆九渊的耳中，陆九渊还亲笔给辛弃疾写信，而语多指桑说槐，另在给时人徐子宜的信中说"明不足以得事之实，而奸黠得以肆其巧；公不足以遂其所知，而权势得以为之制"。虽未称名，而实指辛弃疾有了权力便弄权肆巧，难公难明。毕竟盗也是民，或者至少曾经是民。在现代，人们认识到生命是上天赋予每个人的最基本的权利，没有人有资格可以随意剥夺。而在古代，在官府眼里，民众乃牛羊，乃草芥。在一点上，辛弃疾无疑是一个典型。

而孝宗皇帝虽深知御史弹劾不足为信，但还是撤了辛弃疾的职。淳熙十年（1183）知枢密院事周必大谈到飞虎军时说："而辛卿又竭一路民力为此举，欲自为功，且有利心焉。"这说出了皇帝所担心的一个方面。淳熙六年（1179）他所填的《摸鱼儿·更能消几番风雨》一词"词意殊怨"，孝宗皇帝读到后"颇不悦"。（《罗大经《鹤林玉露》甲编卷一》）皇帝更不愿意看到的是臣子心怀怨望，尤其是目中无人，不服管制。现在他这样"刚拙自信"，力排众议，急欲建功，他自己也知道"不为众人所容"（《论盗贼札子》），而不期却被一捋到底,落了个无官一身轻。而这一罢,竟然使得他此后的十来年间终孝宗朝都只得到一个主管冲祐观的虚衔,在光宗朝也只一度短暂为官,绍熙二年(1191)起福建提点刑狱,两年后加集英殿修撰,知福州兼福建安抚使,至宁宗即位后(1194)落职,四年复集英殿修撰主管冲祐观虚衔,近十年几乎完全赋闲家中,错过了大好的盛壮期。到宁宗嘉泰三年(1203)才起知绍兴府兼浙东安抚使,次年差知镇江府,再次年即开禧元年(1205)改知隆兴府,开禧二年(1206)差知江陵府,而在开禧三年(1207),他便走到了生命的终点。

这首《贺新郎》具体写作时间不可考,邓广铭《稼轩词编年笺注》以为作于嘉泰元年(1201),而辛更儒《辛弃疾集编年笺注》以为作于嘉泰二年(1202)。总之是在辛弃疾移居铅山之后、差知镇江府之前。词序称:"邑中园亭,仆皆为赋此词。一日,独坐停云,水声山色,竞来相娱,意溪山欲援例者。遂作数语,庶几仿佛渊明思亲友之意云。"辛弃疾于淳熙八年(1181)前后先在上饶带湖建有别墅,后又于淳熙十三年(1186)在铅山奇师村发现周氏泉,因起"便此地、结吾庐"(《洞仙歌·访泉于奇师村得周氏泉为赋》)之念。他还考证奇师即孙叔敖的出生地弋阳期思,并以该泉泉形如瓢而命名为瓢泉。他显然很喜欢这个地方,在他最好的朋友陈亮淳熙十五年(1188)冬到访时,他特地与他"酌瓢泉而共饮"。绍熙五年(1194)他再次被弹劾,罪名是"残酷贪饕,奸赃狼藉"。罢职后他开始经营瓢泉,不久"新葺茅檐次第成,青山恰对小窗横"(《浣溪沙·瓢泉偶作》)。庆元二年(1196)夏,因带湖旧居遭遇火灾,遂迁居至期思。此后的数年时间中,他便居住在这里,并修建了不少园亭,且为每一处园亭都赋了一首《贺新郎》。这一首则是为停云堂而作。停云堂之名见于他所写的《水调歌头·席上为叶仲洽赋》"准备停云堂上,千首买秋光",而停云之义,则取之于陶渊明《停云》诗序,所谓"停云,思亲友也"。

《贺新郎》,又名《金缕曲》《乳燕飞》《貂裘换酒》《风敲竹》《贺新凉》等。传世作品以《东坡乐府》所收为最早,唯句逗平仄,与诸家颇多不合,龙榆生《唐宋词格律》因以《稼轩长短句》为定格。一百一十六字,前后片各六仄韵。大抵用入声部韵者较激壮,用上、去声部韵者较凄郁,贵能各适物宜耳。

下面分韵试析。

甚矣吾衰矣。

辛弃疾腹笥极广,每喜掉书袋,且不仅出入史书文集,还烂熟五经诸子。这一句突兀而来,几乎全文直引自《论语·述而》:"甚矣吾衰也!久矣吾不复梦见周公"。孔夫子年轻时欲行仁道,故每每梦见周公,而晚年竟久未梦见,故不免感叹精力衰减。辛弃疾平生最想做的,便是看见华夏统一,而迁延到如今,花甲已过,犹自一事无成,故同样感叹綦深。

怅平生、交游零落,只今余几!

停云因思亲友而取名,所以坐于停云堂中,不免想起新知旧雨。他早年的好友如周孚、陆九龄等已故去多年，中年的好友如陈亮，在他们瓢泉共饮后五年高中状元，随于次年春辞世。妻子范氏，还有好友兼妻兄范如山，也在搬迁到期思之前先后物化。在世的好友朱熹，跟自己一样，在庆元二年（1196）遭弹劾，连个宫观虚衔都没留住。而今自己独坐停云堂上，想起交游零落，唯有惆怅。

白发空垂三千丈，一笑人间万事。问何物、能令公喜？

这一段含有"事"与"喜"两韵。通常这两韵所分两句应该各自独立，而辛弃疾才力雄肆，每喜一意贯穿，打通成为一句。比如他的《水龙吟》"落日楼头，断鸿声里，江南游子，把吴钩看了，栏杆拍遍，无人会，登临意"，本来到"江南游子"应为一句，而写到此，主语才出现，谓语在下一韵，从而合两韵为一句。而本词这两韵，前面一韵在整个句子中只能算状语，到下一韵，句子的主结构才出现。这种句子具有一种长河流水、奔腾不绝之气势。

这两韵中，"白发三千丈"是李太白的名句，而"叹息人间万事非"出自杜工部，"能令公喜"则源于《世说新语·宠礼》。短短一句话，合了两韵，连引三典，化用前贤几臻化境，正如江西诗派所强调的，诗人要善于"点铁成金""夺胎换骨"。

我见青山多妩媚，料青山、见我应如是。

这一韵是上一句的回应。妩媚，指姿态的美好可爱，带有极强的主观色彩。妩媚一典，邓广铭注《稼轩词》以为典出《新唐书·魏徵传》："帝曰：人言徵举动疏慢，我但见其妩媚耳。"

而《三国志》卷十三引《魏略》钟繇答魏文帝书有"顾见孙权，了更妩媚"句，更早。辛弃疾对三国历史极熟，最乐引用曹刘孙权事，则此典或当溯源及此。

"问何物、能令公喜？"只有妩媚的青山。通常描写青山，从客观的角度，多言青山隐隐，青山万重。但辛弃疾在事物描写上迥然不同于人，所以，当他再到期思，便觉"青山意气峥嵘，似为我归来妩媚生"（《沁园春·再到期思卜筑》）。青山作为一个客观形象，被作者赋上妩媚的神采，从而成为一个独特的意象，这个意象还被拟人化，具有与人同样的意识。人山对看，这种诗性思维，显然源自李白《独坐敬亭山》之"相看两不厌"，而禅宗及陆九渊心学也应该不无影响。禅宗以为世间万物皆我心之幻化，陆象山以为宇宙便是吾心，吾心便是宇宙，所以青山可以是我心之幻化，可以是我心，可以具有人格，乃至独立人格，所以我和青山可以互相打量。

辛弃疾对这一韵以及下片的"不恨古人"韵无疑相当得意，据岳珂《桯史》卷三，晚年他移守南徐（即今江苏镇江），每次宴会都会让歌妓歌其所作，最喜欢的则是这首《贺新郎》，且喜自诵"我见青山"及"不恨古人"句。"每至此，辄拊髀自笑，顾问坐客何如，皆叹誉如出一口。"

情与貌，略相似。

这一韵补足上韵。我与青山对视，所见略同，而何以会如此？乃因虽各有情貌，但却大略相似。

而何以起句突兀即言"甚矣吾衰矣"，且交游零落，白发空垂，倍感怅惘，到此却貌仍妩媚？这皆得力于"问何物、能令公喜"这一问，从而让自己在最落寞的时刻将心中最深处的一点亮色得以豪迈而自信地展现。诗人的内心要有光，要对自己和未来保持美好的信心。为心有光，所以看青山而觉妩媚，有信心，所以料青山亦以妩媚视我。

一尊搔首东窗里。想渊明《停云》诗就，此时风味。

下片起首这一段也有两韵，两韵须连起来意思才完整。

首句隐括自陶渊明的《停云》诗四首。陶诗序有"罇湛新醪"，诗句有"搔首延伫""闲饮东窗"等。而何以"搔首延伫"？乃因"良朋悠邈"。一尊在手，停云诗就，是何风味？正是"愿言不从，叹息弥襟"，美好的心愿难以实现，"春醪独抚"，老怀唯余叹息。

江左沉酣求名者，岂识浊醪妙理？

陶渊明诗风一任天真，自然平淡，绝俗超逸，在唐代获得了杜甫等人的推崇，到宋代苏东坡又隔代相和，辛弃疾同样爱读陶诗，爱用陶典，或与陶相关之典。此韵中江左求名，词句出自东坡《和陶饮酒二十首》其三之"江左风流人，醉中亦求名。渊明独清真，谈笑得此生"，而浊醪妙理则出自杜甫《晦日寻崔戢李封》之"浊醪有妙理，庶用慰沉浮"。

那浊醪有何妙理？梁昭明太子萧统编《陶渊明集》成，序中写道："有疑陶渊明诗篇篇有酒，吾观其意不在酒，亦寄酒为迹者也。"辛弃疾此际官职褫夺一尽，而息影田园，恰寄酒为迹，于陶渊明遂心有所契。

回首叫、云飞风起。

但毕竟平生志向乃在恢复,乃在有一番作为,所以笔锋一转,回首一叫,心迹表露无疑。云飞风起,典出汉高祖刘邦《大风歌》。《汉书·高帝纪》载:"酒酣,上击筑自歌,曰:大风起兮云飞扬,威加海内兮归故乡,安得猛士兮守四方。"

不恨古人吾不见,恨古人不见吾狂耳。

此语出自《南史·张融传》:融善草书,常自美其能。帝曰:"卿书殊有骨力,但恨无二王法。"答曰:"非恨臣无二王法,亦恨二王无臣法。"……常叹云:"不恨我不见古人,所恨古人又不见我。"张融主要生活于萧齐,"形貌短丑,行止怪诞",是齐高帝眼中"不可无一,不可有二"之人。他的草书在二王之外别有创新,连皇帝也觉得其书法"殊有骨力",苏东坡也曾拿他的话来品评书法独特的黄庭坚。从张融的言谈中也可看出他内在之狂傲。而与辛弃疾相比,他虽狂而未将狂字说破,只能算是狂态侧露,辛弃疾则特地强调一个"狂"字,正所谓着一狂字,狂傲毕现。

不管是内在的狂,还是说破的狂,历史上的狂人尽管才能杰特,而生活通常都不平顺。张融虽狂,总算还善言谈,所以做到了司徒长史,但也再未升迁。辛弃疾也只做到了地方大员一层,且不断遭受弹劾。一个人纵使有才,但如不能虚心收敛,反倒过于放恣,则其才必不能充分发挥。以辛之才能与性格,他不太适合于承平之世,使其早生四十年,则靖康之时或能力挽狂澜。历史不容假设,且宋金交战,宋方也不是没有才能出众之人。对皇权来说，敌对势力无所不在，敌国固然是一种威胁，而臣属同样也存在黄袍加身的可能，赵家正是这样坐上宝座的。所以纵使于靖康之时适值青壮，而岳飞或则便是前车之鉴。

知我者，二三子。

"知我者"与"二三子"二语，应是古人常用语。"知我者"散见于《诗经》《老子》《论语》，乃至《孟子》诸书，"二三子"亦多见于尸子、管子、列子、孟子、荀子等诸子百家。辛弃疾信手拈出这两句，当更应溯源于《论语》。《宪问》篇记载孔夫子说："不怨天，不尤人，下学而上达，知我者，其天乎？"《八佾》篇则记载："二三子，何患于丧乎？天下之无道也久矣"。孔夫子也是个未尽其才的人，一生周游列国，就希望有人能重用他。"苟有用我者，期月而已可也，三年有成"，期月就是一年，孔夫子的意思是，只要有人能用他到一年，就可看到成效，三年就可大成。他一生都在谋求将政治理想付诸实施的机会，可惜终归失败。有一次他的学生子贡问，假设有一块美玉，是藏起来好还是卖个好价钱好？夫子应声便答："沽之哉！沽之哉！我待贾者也。"卖了吧，卖了吧，还情不自禁地重复了一遍，老人家心情之急切如见。但玉的价值具有极大的弹性，关键在识不识货。美玉而遇善贾在现实中实属不易。在奔波中，孔夫子四十岁就什么都明白了，到五十岁就知道了天命的不可或逆，乐天知命，发愤忘忧。

而辛弃疾四十岁以后起起落落，起的时间短，落的时间长，空怀壮志，难觅善贾。所幸平生所遇有几位知己好友。如周孚，是他守滁州时聘用的幕僚，跟他一样都是性情耿直之人，有话藏不住，更爱批评，所以辛弃疾有次写信给他，希他"痛忍臧否"，就是不要乱发表意见，要痛下决心忍住。而他们实际像苏东坡一样，都是有看法忍不住的一类人。苏东坡曾说"吐之则逆人，茹之则逆余，以为宁逆人也，故卒吐之"，周孚以为"此东坡平生得力处也。岂可以一官而改耶？"（《蠹斋铅刀编》卷十八）辛弃疾到老犹不能改，在《永遇乐·戏赋辛字送茂嘉十二弟赴调》一阕中他还拿他的姓氏开起了玩笑，"更十分、向人辛辣，椒桂捣残堪吐"，真所谓吐之则伤人，却不吐不快。

他在三十四岁时继娶范如玉，范氏知书达礼。在赋闲带湖后，因经常醉酒，范氏曾在窗户上写满文字，希望他戒除痛饮，他为此还专填了一首《定风波》以纪其事，词序说："大醉归自葛园，家人有痛饮之戒，故书于壁。"下结说："起向绿窗高处看，题遍，刘伶元自有贤妻。"而直到庆元二年（1196），他才因病不得不戒了酒，并遣去歌姬。难以预料的是，带湖的房子遭了火灾，妻子范氏也与其兄范如山相继辞世，他不禁感叹"粉面都成醉梦"（《西江月》）。

在朋友中，他跟陈亮年龄相若，性情最是投合，跟朱熹也可称相知。三人虽于儒家王霸义理之学各有看法，但都共有恢复中原之志，所以淳熙十五年（1188）十二月陈自东阳访辛，同游鹅湖，并欲再会朱熹于紫溪，朱有事未至。辛陈二人一会十日，相见恨晚，惺惺相惜，临别依依，别后一再唱和。辛弃疾所赋词中有"剩水残山无态度，被疏梅、料理成风月"句，非常形象地描绘了当时的偏安情形。剩水残山不说，且没个态度，幸有疏梅几树，稍堪妆点江山。这三个人，可以说正是这剩水残山中的几树疏梅。他们互为知己，互相敬重。后陈亮不幸于绍熙五年（1194）春病逝，离其被皇帝亲擢进士第一才过大半年，享年仅五十有二。辛弃疾在祭文中说"使之早遇，岂愧衡伊"，衡伊就是被商汤称为阿衡的贤相伊尹。这个评价不可谓不高。而实际上，他跟陈亮是同一类人。因此他不由感叹人才遇合与建功立业之难。朱熹对辛弃疾评价也相当高，曾以"卓荦奇才，股肱王室"相期待。朱熹在庆元六年（1200）去世，当时虽有"伪学禁"，而辛弃疾还是"为文往哭之"，以为朱熹"所不朽者，垂万世名"。建功立业，以垂不朽，可以说是一切有才能的人的共同心期。这一点在辛弃疾身上表现得尤为突出，就像他评陈亮一样，他之言朱子，实则也可看作他对自己的期待。但斯人而在斯世，知己最是难得。坐于停云堂，思及亲友，二三子已矣，安得不怅交游零落哉？

　　辛弃疾在世时虽遇合不佳，未尽其才，且知音稀少，但在辞世后，却广受推崇。尤其是在动荡岁月，国家存亡危急之秋，他的词为人们所传诵，成为激励国人的精神利器。他去世后二十年出生的谢枋得更是他的隔代知己。景定五年（1264）他做考官，所出策问题拿中原来发问，所问笔力甚伟，一时远

近传诵(刘埙《隐居通议》卷二〇《江东运司策问》)。文甚长,节录如下:

> 登冶城访新亭,欲问神州在何处?自南渡百四十年,惟见青山一发,眇眇愁予。耆老不足证矣,安得不梦寐东晋诸贤乎?衰草寒烟,犹带齐梁光景,徒以重人黯然耳。不知秦淮旧月,曾见千载英雄肝胆乎?惜其远而不可诘也。北来诸君,忠义之泽在心,慨叹黍苗,悲歌蒲柳,岂能忘情故都哉?……士大夫沉于湖山歌舞之娱,何知有天下大义?诸君北风素心,岂随末俗间断哉?公卿谈学问自许孔孟,谈功业自许伊周,若限田,若乡饮,若论秀,若举逸,皆欲仿佛三代,此一事乃堪在晋人下哉?或谓本朝取中原者,其失有四:不保全名将,不信任豪杰,不招纳降附,不先据中原。不知诸君所闻何如也?

在谢枋得出题时,正逢贾似道当政,奉币向元求和。他不禁想起辛弃疾乾道八年(1172)奏告君相之言:"敌六十年必亡,敌亡而中国之忧方大。"辛弃疾的预言"绍定验矣",金国正是在宋理宗绍定六年(1233)灭亡。而金亡元兴,宋元对抗更甚于宋金。谢枋得"惜乎斯人之不用斯世也",进而再度发问:"诸君亦有义气如幼安者,百尺楼上,岂可不分半席乎?"

更神奇且被写入《宋史·辛弃疾传》的是宋度宗咸淳年间,准确地说,当为咸淳三年(1267),时谢枋得为朝廷赦免,允准返弋阳老家,经过辛弃疾墓旁僧舍,忽听得"有疾声大呼于堂上,若鸣其不平",且其声从天黑到三更不绝。谢枋得于是点上蜡烛撰写祭文,准备次晨祭拜,"文成而声始息"。而这不肯停息的不平之声,与其说是来自地下的长眠者,不如说生发于生当民族存亡之秋的救亡人。他们心中自有一种激荡的情怀,稍有风吹草动便易激发,况是经过一位一生志在恢复、临死还大呼"杀贼、杀贼"的"忠义第一人"的坟墓呢!谢氏当年策问中起首便说"事有利害不切身而伤怀,人有古今不同时而合志",这种悬隔时空的相知,也只有那些一秉至诚、仁以为己任、胸怀浩然的仁人志士才能做到。到德祐初年(1275),元兵大举攻宋,谢枋得为辛弃疾请于朝,因加赠少师,谥忠敏。

"知我者,二三子"。辛公不朽。

最可惜一片江山

——读姜夔《八归·湘中送胡德华》

八归·湘中送胡德华

/ 姜夔 /

芳莲坠粉,疏桐吹绿,庭院暗雨乍歇。无端抱影销魂处,还见筱墙萤暗,藓阶蛩切。送客重寻西去路,问水面、琵琶谁拨?最可惜、一片江山,总付与啼鴂。

长恨相从未款,而今何事,又对西风离别?渚寒烟淡,棹移人远,缥缈行舟如叶。想文君望久,倚竹愁生步罗袜。归来后、翠尊双饮,下了珠帘,玲珑闲看月。

一首诗或词的命运有时也如人一般，诗词之流传与否，人之显达与否，更多的时候不是看诗词是否优特，或看人是否有才德，而似乎是操持在命运之手。有些人，即使才华卓著，也往往难以获得一展身手的机会。尤其在古代，一个读书人，最佳的出路是做官，所谓万般皆下品。但如读书到老，科场不售，则不免生活艰困。而一首诗或词，即使具备流传后世的特质，但如果不能为选本所收，或经名家评点，往往就会沉寂不闻。南宋的姜夔便是这样一个一生未售之人，他所填的一首《八归》也是一首沉埋数百年的好词。

　　《八归》作为词牌，据康熙《钦定词谱》，有仄韵和平韵二体。仄调者见《白石词》，为姜夔自度夹钟商曲。平韵者见《竹屋痴语》，为高观国自度曲。而从姜夔初作，到康熙晚年，此调押仄声韵者只有此词及史达祖词，以致要校可平可仄之处，只能悉依史词。稍晚至嘉庆年间，舒梦兰编《白香词谱》，干脆就不收这一词牌。后来龙榆生撰《唐宋词格律》，也直接予以忽视。

　　这首词忽然名声大噪得益于梁启超。1924年梁启超因妻子患病，病榻陪伴，遂读词自遣，并集词句作对联。而且一作不能休，几个月的时间竟至作到了二三百副之多（梁启超《苦痛中的小玩意儿》。另参见王心裁《梁启超读书生涯》）。对所集宋词联，他最感得意的是赠给诗人徐志摩的：

　　　　临流可奈清癯，第四桥边，呼棹过环碧；

此意平生飞动，海棠影下，吹笛到天明。

联中的六个句子分别出自吴文英的《高阳台》、姜夔的《点绛唇》、陈允平的《秋霁》、李祁的《西江月》（梁启超误记作辛稼轩《清平乐》）、洪咨夔的《眼儿媚》以及陈与义的《临江仙》。梁启超以为"此联极能表出志摩的性格，还带着记他的故事，他曾陪泰戈尔游西湖，别有会心。又尝在海棠花下做诗做个通宵"。

但当时引起广泛回应的还是他嵌有《八归》"最可惜一片江山"句的集联，据任公《苦痛中的小玩意儿》一文，共有两副。一为集白石句联：

忽相思，更添了、几声啼鴂；（《江梅引》《琵琶仙》）

屡回顾，最可惜、一片江山。（《法曲献仙音》《八归》）

另一副则以稼轩名句为主出句：

燕子来时，更能消、几番风雨；（王晋卿《忆故人》、辛稼轩《摸鱼儿》）

夕阳无语，最可惜、一片江山。（张文潜《风流子》、姜白石《八归》）

梁任公显然于"最可惜、一片江山"别有会心，后来又据上所集联作了修改，并寄给了他的同年徐珂（徐珂《范园客话》）：

春已堪怜，更能消、几番风雨；（张玉田《高阳台》、辛稼轩《摸鱼儿》）；

树犹如此，最可惜、一片江山。（刘龙洲《水龙吟》、姜白石《八归》）

"树犹如此"是桓大司马桓温的名言，记在《世说新语》，后为历代文士喜用的名典。但刘龙洲刘过《水龙吟》似未用过。刘辰翁《念奴娇》及辛稼轩《水龙吟》用过。应属任公误记。

这后一联，"更能消、几番风雨"，在稼轩词《摸鱼儿》中劈头一问，凭空而来，暗示了未来环境的潜在严酷，但主体不明。今配之以"春已堪怜"，则这一严酷指向的是"春"，且已经处在不堪境地。人间一切的美好都要经受最严峻的考验，而且往往经不起考验。梁任公集联之时，即深感"群盗相嗾，变乱如麻，风雪蔽天，生人道尽"。人间的美好留不住，时光也一去不回头，而为时间所淘荡之万物，也只能如桓大司马之柳，但见摇落，却无能为力，所谓"树犹如此"。进一步，人生存其间的家国江山，也只能无可奈何地任由群盗你来我往，城头旗换。所以，"最可惜、一片江山"。不仅如此，此联"已"与"更"，"犹"与"最"，虚词之搭配也可谓妙到毫巅，读来倍堪玩味，令人倍起深慨。徐珂以为梁氏集句"如自己出，而伤心人之别有怀抱于此见之。通人固无所不能哉"。这副集联也成为这一组集联中"最精彩的版本"，此后仿集传写如潮。（胡文辉《"几番风雨"与"一片江山"——梁启超一副集宋词联的流传史》）

集句或集联，可以说是一种特别的欣赏方式，这一方式不是将对象当作整体来领会作者之本意，而是于整体中选取特定部分以求合于自己之意图。我们知道，每个字词及句子，都有上下文，一旦脱离整体环境，则往往南辕北辙。而集之者自有块磊，正须借酒以浇。被集之句之所以能获青睐，也正在于句子本身意思上的弹性。一千个人有一千个哈姆雷特，其理或在于此。

姜夔，字尧章，号白石道人，饶州鄱阳人。其父姜噩，做过湖北汉阳知县。说来他也算一个小官二代。但父亲去世时他还未成年，所以一度寄寓嫁于汉川的姐姐家，因而少年时代往来沔鄂几二十年，主要在古沔一带度过。其出生年月已不可考，夏承焘先生推测为宋高宗绍兴二十五年（1155），这样姜夔淳熙三年丙申（1176）离开其姊时年二十二。

他的经历与柳永有些相似，都是官二代，都有良好的教育基础，都在青年时外出，都有勾栏经历，都长年不售，生活漂泊。不同的是，姜夔善吹箫，于音乐更有会心，且成就突出。刚离开其姊的那一年他前往扬州，就自度一曲，创作了《扬州慢》一调并词。后来读到该词的千岩老人萧德藻是杨万里所称赏的堪与尤袤、范成大、陆游相并称的"四诗翁"之一，他对姜夔深为欣赏，以为该词有"黍离之悲"，并将自己的侄女嫁给了姜夔。姜夔在壮年之时还曾两次向朝廷进呈所著音乐理论成果如《大乐议》《琴瑟考古图》等，第二次在庆元五年（1199），进献后曾获得诏令破格考进士，可惜还是未中。

应该正是在去来扬州的路上，他路经合肥，于坊曲间遇到了他一生不能忘情的一对姐妹，"似旧曲、桃根桃叶"（《琵琶仙》），"大乔能拨春风，小乔妙移筝"（《解连环》），姐妹俩"燕燕轻盈，莺莺娇软"（《踏莎行》），妙擅筝琶，深获姜夔之心。他是丙申（1176）冬至日到的维扬，从十年后丙午（1186）他与萧德藻相约由古沔出发前往湖州，于丁未（1187）元日道金陵江上感梦作《踏莎行》，次日作《杏花天影》，又十年后丁巳（1197）作《鹧鸪天·元夕有所梦》，都表明了对合肥姐妹的思念，而且这些思念之作多写于一年的新旧之交，丁未元日与丁巳元夕还形之于梦，且正十年间隔，因此，可以推测姜夔很可能是在丙申末、丁酉（1177）初与这对姐妹相识相知，从此一生相思深种，淝水东流无尽。

姜夔从丙申到丙午之间十年行迹无考。对于在合肥的这一段"年少浪迹"，他将之当作人生的一段美好珍藏。正因为不能忘怀，他还曾在庚戌（1190）至辛亥（1191）冬春间客居南城赤阑桥之西（《淡黄柳序》）。或者正是因为这种对美好的珍视与期待，他因之而创作的作品都带有一种清丽与空灵。这一点，比他晚生数十年的张炎体会最深，其《词源》一书以为"白石词如野云孤飞，去留无迹"，其《疏影》《暗香》《扬州慢》《一萼红》《八归》等作，"不惟清空，又且骚雅，读之使人神观飞越"。

姜夔自记一生"困踬场屋"，显然他应该也像柳永一样，多次科考，且均以失败告终。但乙巳（1185）这年萧德藻任湖北参议，应该正是在这年，他们相遇了。这是一个对他一生影响深远的人。他于次年丙午人日即作客于长沙别驾之观政堂。

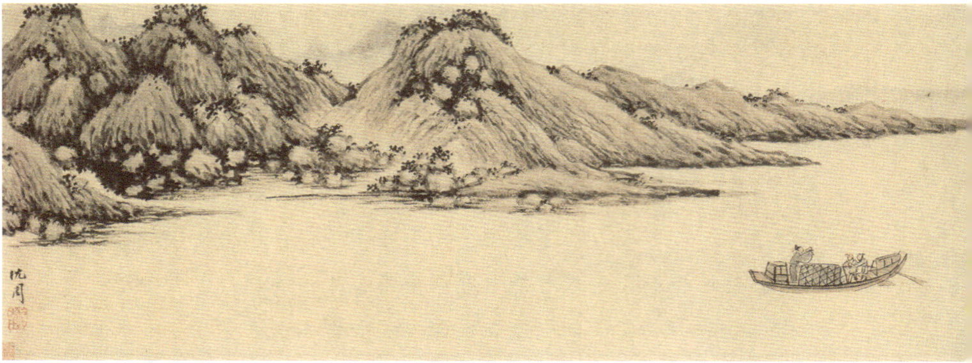
沈周

明 / 沈周 / 京江送别图

他后来写有一首《念奴娇》，词序说："予客武陵，湖北宪治在焉。"武陵即今天之常德，湖北即荆湖北路。宋分全国为三十五路。荆湖北路简称湖北路，主要区域与今天的湖北大致相当，但其西北不少州县划归在京西南路和京西北路，而今天湖南西部的沅澧二水之地却划归了湖北。湖北路的治所在江陵府。而据姜夔此序，则湖北宪治，即地方司法机关，在武陵。史载南宋绍兴元年（1131）设荆湖北路安抚使，治鼎州，即通常所称之武陵，今之常德。宋孝宗即位之前也曾任常德军节度使。显然当年的武陵，应该是湖北路仅次于府治江陵的城市。萧德藻乙巳（1185）为湖北参议，夏秋间或次年初应该离开了江陵。但到底是去了属于湖北路的鼎州，还是去了属于荆湖南路的潭州即长沙（长沙别驾，即湖南通判），还是先去了鼎州或潭州，再去了潭州或鼎州，情形不明。这首《八归》，词序标明是"湘中送胡德华"，词中说"送客重寻西去路"，则很可能在乙巳秋姜随萧到了鼎州任所，冬天则客居长沙别驾观政堂。

仄韵《八归》上下片各四仄韵。

芳莲坠粉，疏桐吹绿，庭院暗雨乍歇。

无端抱影销魂处，还见筿墙萤暗，藓阶蛩切。

唐圭璋以为，此词上片第一韵写昼景，第二韵写晚景，两韵文字细密，皆写送别时之处境。第三、四韵则"顿开疏荡，声情激越。初闻水面琵琶而欢，次见一片江山而惜"。下片首韵恨分别之速，次韵叹人去之远。后面两韵"运太白诗，想家人望归之切,与归后之乐",全词"一气舒卷"。或者如麦孺博在《艺蘅馆词选》丙卷中所说:"一气到底,刀挥不断。"

唐圭璋先生的评释非常简明直捷,但于上片后两韵语焉未详。送客重寻西去路,问水面、琵琶谁拨。这一韵用的是白居易《琵琶行》典。白傅当年贬谪浔阳,江头送客,"举杯欲饮无管弦",所以"醉不成欢惨将别",不意"忽闻水上琵琶声"。而此次送别也在江边,但湘江上谁是弹拨琵琶之人?这一问问得灵动,直接引出下一韵:最可惜、一片江山,总付与啼鴂。啼鴂,一作鹈鴂,即子规鸟,或杜鹃,典出《离骚》:"恐鹈鴂之先鸣兮,使夫百草为之不芳。"据《广韵》,此鸟"春分鸣则众芳生,秋分鸣则众芳歇"。而在《离骚》中,草木之零落又关乎美人之迟暮。此时正当秋季,鴂啼则众芳歇。那么送客之际水面谁拨琵琶呢?实际上没有人。这一片江山逢秋,正啼鴂鸣而众芳芜。因此这后两韵看似实写,却是虚设,似实而虚,将一片惜别之情情不自禁地带上了悲秋惜时之深慨。

长恨相从未款,而今何事,又对西风离别?下片首韵以恨别续起。第二韵则以送行人的眼光说事:渚寒烟淡,棹移人远,缥缈行舟如叶。藏情于景。最后两韵则正如唐圭璋先生所言主要据李白《玉阶怨》而展开:想文君望久,倚竹愁生步罗袜。归来后、翠尊双饮,下了珠帘,玲珑闲看月。不同的是,李翰林诗主要描写寂寞孤守,而白石词则变独为双,置换了看月的场景。

那么，在一个相对承平的岁月，送别朋友何以要设想这么一个夫妻相会的场景？窃以为上片的一句"琵琶谁拨"很可能触动了他的合肥情结，或者正是因其合肥情结才有此一问。合肥姐妹之一善弹琵琶。但因为种种原因，他们离多会少。在《长亭怨慢》一曲中，姜夔以约期未归的韦皋自比："韦郎去也，怎忘得、玉环分付。第一是、早早归来，怕红萼、无人为主。"归来与有情人同住，应该是姜夔的一个心病。他科场不售，游谒为生，虽然诗词、音乐、书法等才艺出众，得到了当时众多名家如萧德藻、杨万里、范成大等著名诗人的推赏，还曾受知于朱熹，与辛稼轩也有诗词唱和，但毕竟游幕卖字，所得有限，很多时候只能靠友朋接济。虽常是"一年灯火要人归"，而求"翠尊双饮"，往往不能。现在一个朋友要回到家中，他心中浮现的便是这样一个温馨的与佳人相会的场景。（倚竹，典出杜甫《佳人》："天寒翠袖薄，日暮倚修竹。"）表面上是在说别人，实际上却是代入写自己。可以说这后两韵似是虚设，却似虚而实，透露了内心那一份潜藏的企盼。

姜夔其人"襟期洒落""气貌若不胜衣"，一生著述可考者十二种。其于词，流传下来的《白石道人歌曲》有十七首附有曲谱，有十四首为他自度曲。他于诗礼敬江西，在丙辰（庆元二年，1196）拜见老诗人尤袤被问及诗学谁氏时，答以三薰三沐师黄太史氏。黄太史也就是黄庭坚。江西诗派崇尚杜诗，主张炼字炼句炼意，强调用典，字词要有来历。但这样学的结果是数年间"一语噤不敢吐",于是领悟到"学即病,顾不若无学之为得"。这里这个"学"字,最低层次上是模仿,深入来说是宗尚。而创作贵创新。正像唐代书法家李邕所说"似我者俗,学我者死"。经由此悟,在晚年编定诗集后姜夔这样写道:"作诗求与古人合不若求与古人异。求与古人异,不若不求与古人合而不能不合,不求与古人异而不能不异。"从这阕《八归》几个典故的运用上,也可看出白石之"求与古人异"的尝试。除了"抱影",本调基本未用僻典。阮籍《咏怀》十三首之九有"抱影鹄立,企首踟蹰"。"抱影"实际上就是对影,用"抱"字,人与影的关系更形亲密,从而更能突显孤独。"抱影"基本是在最原始的意义上使用古人用过的词,表明一种字词的来历。而"水面琵琶"及"啼鴂",则必须对相关出处有相当的了解才能深入理解词义。尤其"啼鴂"一典,从鴂啼到不芳到美人迟暮,从事情到时序到人生,其间意义之辗转,正体现了合异之曲折。而《玉阶怨》典更是置换了场景,从而转怨为欢。

姜夔一生流寓,既未显,也不能称达,其词虽历代不乏推崇者,但直到清初朱彝尊才推尊南宋,并以为"词莫善于姜夔"。其词不同于柳永,柳词关注底层,笔触善铺叙,突显当前,及其身而广为流传,有井水处即能歌柳词。姜夔心怀美好,用词清峻,境界空灵。也不同于辛弃疾。稼轩豪杰之士,志不在诗词,其意每如激浪奔腾不羁。白石则是才士,胸怀清旷,如野云舒卷随意。刘熙载称姜词"幽韵冷香,令人挹之无尽"。

白石毕竟诗宗江西，并善以诗法作词，于字句意多所措意，每有作则整体上意自灵动，分开来亦字雅句香。而且一些句子，即使抽离其上下文，其可供欣赏的弹性也很大。正像梁任公所拈出的这首词的这句"最可惜、一片江山"，在一个不安定的时代，可浇无数胸怀的无穷块磊。

一片江山深可惜，满怀块磊最难浇。

后记

这本书主要由十来篇欣赏文章组成，说起其写作原由，与我在武大图书馆馆长任上所办的一个小刊物《文华书潮》相关。我当时写了篇《读书的习惯与力量》作为发刊词，其中有个朴素的想法，就是面对令人不满的人间现实，人们常常有无力之感，就像杯盏之水浇灭不了车薪之火。但我们每个人都有一杯水。因此我希望社会上多一些多读书、勤思考的人，养成读书风，形成探索潮，各泛涟漪，而终能波澜四起。这也是这本刊物有个"潮"字的原因。刊物创刊于2014年，在前两年中，我在上面发文不多。后来与编辑闲聊的时候，说到我的一个想法，就是我一直想写点关于诗词欣赏方面的文章，打算先从词写起，栏目名称也想好了，就叫《人间美词》。编辑一听就立即约稿，促使我开始动笔。

当时在写作安排上，并没有以人物的时代先后为序，而是根据自己的喜好，随兴之所之，多就词论词。第一篇写的是秦观的《浣溪沙·漠漠轻寒上小楼》。《浣溪沙》是历史上最流行的词牌，而秦观的这首又是我最喜欢的《浣溪沙》。文章写完后，在如何定题上，最终采取了选取词中一句的方式，所以这一篇的题目也就定为《自在飞花轻似梦》。采取这一方式也有取法王国维《人间词话》以词人词作一句而定其词品之意。紧接着便一季一篇，从而有了写晏殊的《无可奈何花落去》，写苏轼的《寂寞沙洲冷》，写陆游的《家住苍烟落照间》，写欧阳修的《可惜明年花更好》，写黄庭坚的《春归何处》，写陈与义的《长沟流月去无声》。虽有结合作者生平与时代来欣赏，但这种结合多属顺带，更多的是就词而谈赏析。后来写《梦长君不知》，联系温庭筠的生平、时代、奇闻轶事，杂七杂八，文章越写越长。前面的文章多为七八个版面，后面写成的除少数一两篇外，则差不多都加了倍，分别为写柳永的《今宵酒醒何处》，写姜夔的《最可惜一片江山》，写李璟的《风里落花谁是主》，写李煜的《问君能有几多愁》，写周邦彦的《憔悴江南倦客》，写李清照的《日晚倦梳头》，写辛弃疾的《知我者，二三子》，写韦庄的《未老莫还乡》。通常情况下是一篇赏析一首词，但在写李璟时，因他的传世作品并不多，而其两首《摊破浣溪沙》显然成于同时，所以作了合并欣赏。最后写韦庄时，发现其五首《菩萨蛮》的创作时间虽非同时，但内容上却具有极强的相关性，因而也作了合并赏析。

在写完前面数篇之后，有一件非常需要特别一记的事，便是在2020年1月初因我的本科同班杜文才先生的介绍而结识了湖北之声《炜炜道来》节目的主播刘炜女士。她读了我在公众号上的《人间美词》相关文字，表示内容非常好，一定要好好推广。不期我们刚准备好先期工作，就遇到了疫情，再见面隔了差不多5个月，然后经过紧张的磋商、修改、试音与合成，湖北之声《炜炜道来》之《人间美词》系列第一期《梦长君不知》在2020年7月18日周六正式开播。节目播出后产生了较大的反响，收听率随即位居湖北地区广播节目前列。不少朋友表示节目很好，很受益，尤其是特殊时期宅在家里时，我一个在美国的同学说，"欣赏美词，能帮助人安静下来，暂时忘却眼前不可控的烦心事"。今日头条、北大初岸文学很快也予以转载。节目还在学习强国发了音频专辑。节目每周一播，故将在此之前所写的9篇文字按人物年代先后顺序，共制作播出了9期。到春节时，湖北之声、湖北经济广播、湖北资讯广播等三套频率重播，长江云老友频道也编发了音频专辑。到2021年12月3日，刘炜女士微信给我报喜，说是她的《炜炜道来》节目获得了"中国广播电视大奖2019—2020年度广播电视节目奖"广播栏目类提名奖。据她说，该奖是文艺类节目的最高奖，能够在众多节目中突破全国范围的竞争，获得提名奖，殊为不易。而在该节目的内容方面，《人间美词》则是其代表作之一。此外，在省内，《人间美词》也获得"2020年度湖北广播电视节目奖"广播文艺（文学节目）二等奖。所以在这里要特别感谢刘炜女士，她帮助《人间美词》在短时间内提高了知名度，同时也促使我更加注意后面的写作。当然，也要感谢杜文才同学的介绍，感谢各位朋友的关注，你们的关注是我写作的重要动力之一。

我在2021年12月初卸任馆长一职，回到信息管理学院任教。在我离开图书馆后不久《文华书潮》便停了刊，我就没有继续这个系列的写作。而已写就的这十多篇文字虽说颇多瑕疵，但毕竟敝帚自珍，所以就打算结个集，并仍以《人间美词》为名。当我与崇文书局的韩敏社长联系时，他爽快地答应了下来。临出版，我怀着忐忑的心情给我曾经的同行，华东师大图书馆的前馆长、华东师大终身教授胡晓明先生求序，让我特别高兴和欣慰的是，他当即给予了肯定的回应，并很快就寄来了序文。他很仔细地阅读了原文，因而在序中非常有针对性地进行了总结并给予肯定。他还回忆了我们的结识与诗词往还。他要比我年长几岁，而我要自觉惭愧的是，由于我生性疏懒随意，待人接物方面便每每显得傲慢，这无疑使得我们的初次见面颇为草草。不期随后我们同赴北美，记得在尼亚加拉大瀑布前，我们同以五微之玑稀衣韵唱和，按照胡教授的说法，真是一场"斯文结缘的美好旅行"。胡教授对我的诗称赏有加，让我深觉华衮之荣。

我还要特别感谢唐翼明教授与刘益善先生。唐教授是著名学者及书法家，曾任华中师范大学国学院院长、长江书法研究院院长。刘益善先生是著名作家，曾任湖北省作协副主席。他们不辞百忙为拙作写了推荐语。唐教授阅读仔细，多处还做了批注，有赞扬，有批评，有探讨，有建议。唐教授已年逾八十，当我收到他发给我的批注照片，一时感动莫名。

　　著名诗词大家徐晋如教授也应邀为拙作做了推荐。他特立独行，在诗词与古文方面都有极深的修为。我与他相识于六年前深圳图书馆南书房组织的一次活动。多年来我不断收读他的大作，如《庚子春词》《诗词入门》《国文课》等。

　　最后要感谢的是本书的责编曹程女士和几位审稿专家。他们非常认真地看了每一处文字，凡有疑问之处都不放过，因而本书有不少地方也因他们的慧眼而在最后得到了修正。

　　是为记。

王新才
2024 年 4 月

福利来了!

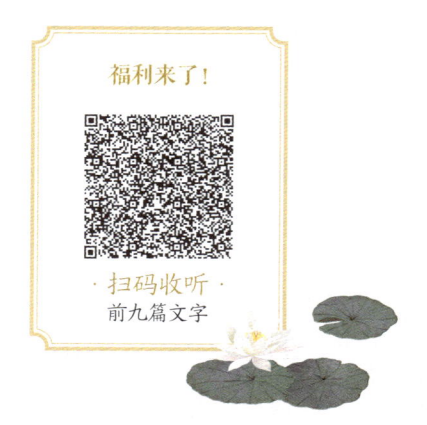

· 扫码收听 ·
前九篇文字